short & easy

Nortrud Boge-Erli

Ihr wisst ja nicht, was Liebe ist

In der Reihe **Short & Easy**
sind u. a. erschienen:

RTB 52237
Inge Meyer-Dietrich, Und das nennt ihr Mut

RTB 52245
Werner Färber, Volle Pulle

RTB 52258
Jochen Till, Fette Ferien

RTB 52271
Brigitte Blobel, Hast du schon?

RTB 52287
Bernhard Hagemann, Superstar gesucht!

RTB 52358
Brigitte Blobel, Alles nur Show

RTB 52406
Jochen Till, Fiese Ferien

RTB 52430
Werner Färber, Wenn ich will, hör ich auf

RTB 52438
Werner Färber, Wie viele Level hat dein Leben?

RTB 52473
Werner Färber, Willst du Stress?

RTB 52489
Christian Tielmann, Und plötzlich bist du jemand anders

Nortrud Boge-Erli wurde 1943 in Ungarn geboren und wuchs in Ravensburg auf. Nach dem Studium der Germanistik, Kunstgeschichte und Pädagogik arbeitete sie als Lehrerin und in der Jugendarbeit. Sie veröffentlichte zahlreiche Kinder- und Jugendbücher und lebt heute in der Nähe von Düsseldorf.

Nortrud Boge-Erli

Ihr wisst ja nicht, was Liebe ist

Ravensburger Buchverlag

Als Ravensburger Taschenbuch
Band 52497
erschienen 2013

MIX
Aus verantwortungsvollen Quellen
FSC® C114500

Umschlaggestaltung: Miriam Weber unter Verwendung eines Fotos
von Jess Yu/fotalia.com

Printed in Germany

1 2 3 15 14 13

ISBN 978-3-473-52497-6

www.ravensburger.de

Inhalt

1. Mister Wollschaf

Dein Name ist Leander.
Pia hat es herausgefunden.
Ich hätte mich nie getraut. Nie.
Pia traut sich.
Sie hat dich bei den Mofaständern abgefangen,
als du gerade den Helm aufsetzen wolltest.
„Hey, Mister Wollschaf,
wie heißt 'n du in echt?",
hat sie mit ihrer kratzigen Stimme gedröhnt.
Du hast dich umgedreht, den Motorradhelm
lässig in der Hand und hast gelacht.
„Wollschaf? Wer? Meinst du mich?"
„Die Haare!"
„Ach so!" Mit der freien Hand hast du dir die
weißblonden Locken aus der Stirn gestrichen.
Ich hab es genau gesehen.
Ich war ja nur ein paar Meter weit weg.
Hab so getan, als müsste ich mein Fahrrad
aufpumpen.

Aber ich hab natürlich durch
meine langen Haare geguckt.
Du siehst supersüß aus.
Braune Arme, trainierte Muskeln und ein
Waschbrettbauch unterm engen weißen
Muskelshirt.
„Und warum willst du das wissen?“,
hast du gefragt.
Du hast gegrinst und dein Freund Ali,
der grad dazukam, hat Pia so von oben bis
unten angeguckt, wie Jungs eben gucken.
„Meine Freundin will das wissen!“,
hat Pia geantwortet.
Peinlich war das, superpeinlich.
„Wie heißt denn deine Freundin?“
Pia hat den Kopf geschüttelt.
„Nee, Junge, erst du!“
„Echt scharf, die Kleine!“,
hat Ali gesagt und laut gelacht.
Er hat natürlich Pia gemeint.
Aber du, du hast nur ein bisschen spöttisch
gesagt: „Okay. Ich bin der Leander.“
„Und sie heißt Maylin.“

„Die kleine Süße dort drüben, ist die das?"
Mehr hab ich nicht gehört.
Ich bin aufs Rad und losgerast.

„Warum bist du abgehauen, Maylin?"
Pia hat mich natürlich angeknatscht,
sobald wir allein waren.
„Wenn er was von mir will,
kann er mich selbst fragen!"
„Ich denk, DU willst was von IHM."
„Schon, aber nicht so, Pia. Trotzdem danke!"
Und ich hab sie lieb gedrückt,
damit sie nicht mehr ärgerlich ist.
Sie hat mir ja wirklich was Gutes getan.
Leander.

2. Dattelkern

So hat es angefangen. Ich hab ihn „Mister Wollschaf“ genannt.
Ich war total verknallt.
Pia hat natürlich gemerkt, dass mit mir was nicht stimmt. Pia kennt mich seit ewig.
In der Pausenhalle hat sie ihre hellgrauen Augen in meine tiefsten inneren Gedankengänge gebohrt und den Kopf geschüttelt.
„Was guckst du denn andauernd zu Ali und seinen Kumpels rüber?“
Sie hat mich in die Rippen gestupst.
„Hey, Maylin, komm mal aus den Wolken!“
Und Pia hat sich vor mich gestellt, dass ich ihn und die anderen Jungs nicht mehr sehen konnte.
Ich hab in meinen Pausenapfel gebissen und gekaut. Und ich bin wahrscheinlich genauso rot geworden wie der Apfel. Ich hab nur was von Wollschaf gemurmelt.

„Mister Wollschaf? Meinst du den
mit den blonden Locken?“

Leander ist für mich wie aus dem Nichts aufgetaucht. Dabei ist er nicht neu an der Schule, nur ein paar Klassen über mir.
Pia sagt, sie hat ihn schon früher bei den Jungs aus Alis Clique gesehen.
„Der hat die Haare ganz kurz gehabt und dunkel gefärbt. Borsten steif mit Gel nach oben.“
Sie lacht spöttisch. Sie zieht ihre eigenen Haare am Oberkopf in die Höhe und lacht noch mehr.
„Der sah vielleicht blöd aus!“
Im letzten halben Jahr hat sich auch bei mir ganz viel verändert.
„Meine kleine Maylin verwandelt sich gerade von der schnuckeligen Raupe in einen wunderschönen Schmetterling!“, hat Papa beim Sonntagsfrühstück behauptet.
Aber das will ich gar nicht hören. Auch wenn es vielleicht stimmt. Seit Pia und ich jeden

Abend über die Felder joggen, hab ich endlich abgespeckt. Juhu!
Und Mama hat mich so angeguckt und gemeint: *„Es ist eine schöne Zeit, wenn der Dattelkern keimt! Jeder, der fällt hat Flügel …*
Das ist aus einem Gedicht von Ingeborg Bachmann, ich les es mal mit dir zusammen, Marie-Helene."
Wir heißen auch Bachmann. Also derselbe Nachname. Aber natürlich sind wir nicht mit der Dichterin verwandt. Die lebt schon lange nicht mehr, hat Mami gesagt. Seit ich denken kann, hat sie mir Gedichte und Geschichten vorgelesen. Vielleicht denke ich mir darum selber so gern Geschichten aus.
Jetzt sind es welche von Leander und mir. Lauter „Was-wäre-wenn"-Geschichten:
Was wäre, wenn ich ihn plötzlich ganz allein in den Feldern treffen würde? Ohne Pia. Nur ich und mein Fahrrad. Und er kommt mir auf seinem Roller entgegen.
 Der Weg ist breit genug. Wir könnten aneinander vorbeifahren. Aber wie auf Kommando halten wir. Steigen nicht ab.

Er schaut mich mit seinen blaugrünen Augen an.
Wir stehen voreinander, halten die Lenker fest
und es ist … es ist einfach magisch.
Oder was wäre, wenn wir uns am Sonntag
auf der Gartenschau begegnen? Er mit seinen
Kumpels und ich mit meinen Freunden. Und die
ganzen Beete und Pflanzen um uns herum.
Wir lassen die anderen weitergehen.
Sie merken es nicht. Wir sprechen kein Wort.
Leander spürt, was ich denke. Und umgekehrt
ist es genauso.
Plötzlich sitzen wir ganz allein in einem Pavillon.
Und umarmen uns.
Was wäre, wenn er mich küsst?
Ganz zärtlich.
Es wäre WOW!

Bisher hab ich Leander leider nie allein getroffen.
Es ist in Wirklichkeit nichts, aber auch gar nichts
Aufregendes passiert.
Nur im Pausenhof gucke ich ihn heimlich an.
Manchmal, morgens, trödle ich extra bei den

Fahrradständern. Pia nervt dann und drängelt, damit wir nicht zu spät zum Unterricht kommen. Leander düst immer erst in letzter Minute zum Stellplatz der Roller. Ich höre das Geräusch, das sein Roller beim Bremsen macht, aus hundert anderen heraus!

Manchmal klappt es und wir sind noch bei den Rädern. Dann wird es ein super Tag für mich.

Am Dienstag war so ein Tag.

Ich hab mich umgedreht und ihm zugenickt.

So ganz beiläufig.

Als ob er mich nicht wirklich interessiert.

Er hat zwar geguckt, aber nichts gesagt.

Dafür ein bisschen mit drei Fingern gewunken.

Den Rest der Woche war Regenwetter.

Wir konnten nicht auf den Hof hinausgehen und die Schüler vom Real- und Hauptschulzweig haben eigene Pausenhallen. Und darum habe ich ihn seit drei Tagen nicht mehr gesehen!

3. Spionage

Es ist Samstag und die Sonne scheint endlich wieder.
„Also los, Maylin, sei kein Feigling“, krächzt Pia. Sie ist erkältet und ihre Stimme klingt noch rauer als sonst. Aber sie ist unternehmungslustig wie immer.
„Ali hat mir verraten, wo Mister Wollschaf wohnt. Ist ganz schön weit draußen in so ’nem Kaff.“
„Och, ich weiß nicht, Pia. Was soll ich denn dort?“
„Ich weiß es aber! Du bist ja schon voll auf Entzug, weil du ihn drei Tage lang nicht mehr im Pausenhof anstarren konntest.“
Pia hustet und zieht den Schal mit den türkisfarbenen Bommeln enger um den Hals. Fast alle in der Klasse husten und schniefen. Mich hat es zum Glück nicht erwischt.
Aber ja, es stimmt, ich vermisse Leander total.

Und neugierig bin ich auch, wie er wohl wohnt. Also gut. Ich geb nach und schwinge mich aufs Rad.

Es ist warm. Haufenwolken segeln am Himmel. Wir fahren vorbei an knallgelben Rapsfeldern und seidengrünem Getreide, das sich wie Wasser wellt. Wahnsinn!

Und der Wind duftet nach tausend Kräutern.

Wir lassen die Siedlung mit den ostereierbunten Fertighäusern hinter uns. Pia und ich wohnen am Stadtrand. Unsere Eltern haben damals gleichzeitig gebaut. Seither sind wir Nachbarn. Und beste Freundinnen.

Der Weg führt bergauf.

Ich keuche hinter Pia her. Trotz ihrer Erkältung tritt sie wie ein Radprofi in die Pedalen. Kunststück mit den langen Beinen!

Ich schalte in den ersten Gang und
gebe mein Bestes.

Auf dem Hügel tauchen wir ins Buchenwäldchen ein. Unglaublich hellgrünes Licht scheint durch

die Baumkronen. Wir radeln die Straße entlang und nach der großen Kehre rollen wir aus dem Waldtunnel wieder in die Sonne.
Vor uns das Kaff: vergammelte Bauernhöfe, dazwischen frisch renovierte Fachwerkhäuser.
Vor dem popeligen Supermarkt stehen ein paar Rentner herum und quasseln.
An der Bushaltestelle bremst Pia.
„Das blaue Haus da vorn muss es sein."
Mein Herz bollert plötzlich wie verrückt.
Und was jetzt?
Pia stellt ihr Rad hinterm Wartehäuschen ab.
Mit zittrigen Knien mache ich es ihr nach.
Wie schrecklich, wenn Leander plötzlich aus der Haustür käme und uns sieht!
Ich würde keinen Ton rausbringen.
Drei Motorradfahrer düsen wie wilde Hummeln die Straße entlang. Ich zucke zusammen.
Da sind sie schon an uns vorbei. Warum bin ich nur so schreckhaft?
Ich fühle mich wie ein Einbrecher.
Hätte ich bloß nicht auf Pia gehört!
„Lass uns zurückfahren, Pia!"

„Nö, erst mal schleichen wir uns an."
Sie fasst mich am Handgelenk und zieht mich hinter sich her.
Vor dem Haus mache ich mich los.
Pia steigt kühn die Stufen zur Haustür hoch.
Ich bleibe unten und drehe mich weg.
Pia liest das Namensschild.
„Franz und Greta Hauswald", kreischt sie.
„Soll ich mal klingeln?"
„Bist du wahnsinnig? Bloß nicht!"
Ich zeige ihr einen Vogel.
Sie hopst die Stufen herunter.
„War nur Spaß. Franz und Greta, das klingt so nach Großeltern. Komm, wir gucken mal, ob das Tor offen ist."
Sie wartet nicht, sondern drückt gegen das große Hoftor. Es schwingt sofort auf.
War tatsächlich nur angelehnt.
Zitternd schleiche ich hinter Pia her in den Innenhof.
Bisschen neugierig bin ich ja doch.

4. Ertappt

Der Hof ist eine einzige Baustelle.
Neben der Scheune ragt ein neues Haus auf.
Die Fenster sind noch mit Folie verklebt.
Die Tür fehlt. Links und rechts sind große Haufen Bauschutt. Zerknüllte Plastikfolie weht im Wind.
Das alte Haus gegenüber hat einen Hintereingang.
Auch hier führen Stufen zur Tür hoch.
Pia pirscht sich an und liest wieder das Klingelschild. „Familie Hauswald“, flüstert sie mir zu.
„Das hört sich schon eher nach Wollschafs Eltern an.“
Meinetwegen, denke ich, kann Leander hier wohnen oder auch nicht. Ich will nur noch weg.
„Komm, Pia. Ist mir peinlich, so bei fremden Leuten rumzuschnüffeln. Lass uns gehen!“
In diesem Moment rumpelt ein Motor vor dem Hoftor. Pia und ich erstarren.

Wir sind gefangen!

Wohin jetzt? Langsam schwingen die Torflügel nach innen. Und der Bus vom Waldorfkindergarten rollt ein Stück weit in den Hof.

„Schnell, weg hier!“

Pia zerrt mich in das halbfertige Haus.

Mein Herz rast.

Das Blut dröhnt mir in den Ohren.

Peinlicher geht’s kaum noch.

Wir stehen in einer großen Rohbauküche.

Aus den Wänden hängen Kabel und sprießen Rohre.

Der Motor wird abgestellt.

„Leander, kommst du?“, ruft eine freundliche Männerstimme. Gleichzeitig poltert es und etwas schreit wie ein Brüllaffe im Zoo.

„Jetzt halt doch mal still!“, faucht genervt, ungeduldig … wer? Leander?

Pia, mutig wie immer, späht durch das verklebte Küchenfenster. „Ach du Scheiße!“, murmelt sie und rutscht in die Hocke neben mich.

„Was denn?“

Wieder dieser grässliche Affenschrei.

„Da ist er!“ Sie hält sich die Nase zu und niest so leise wie möglich.
Ich zittere.
Pias blöde Erkältung verrät uns noch.
Vorsichtig schiebe ich mich hoch, drücke mich in die Fensterecke und gucke hinaus.
Er ist es wirklich!
Leander alias Mister Wollschaf persönlich!
Er schleppt ein kleines Mädchen die Stufen von der blauen Haustür in den Hof hinunter.
Er hat es sich wie einen Sack über die Schulter geworfen. Ein Beinchen steckt in einem geringelten Kniestrumpf und pinkfarbenem Ballerina, das andere ist bis zum Knie eingegipst.
Und mit beiden, Gips und Schuh, trommelt die Kleine wie verrückt auf Leanders Rücken ein.
Dichte hellblonde Locken hängen in ihr Gesicht.
Sie schreit wütend und zappelt und Leander schimpft: „Halt still, hab ich gesagt!“
Dann schiebt er sie in den Bus. Aus dem Haus kommt eine ältere Frau und steigt mit ein.
„Leander und seine kleine Schwester.

Oma bringt sie zur Kindergartenparty“, kommentiert Pia in ihren Schal.
Sie späht mir schon die ganze Zeit über die Schulter und hustet unterdrückt in meinen Nacken.
Der Bus rumpelt vom Hof.
Jetzt kommt Leander direkt auf unsere Türöffnung zu. Nein, bloß nicht! Das überleb ich nicht!
Ich drücke mit beiden Händen meine Augen zu. Blödsinnig, ich weiß.
Also lieber der Gefahr ins Gesicht sehen.
Leander steht genau vor dem plastikverklebten Küchenfenster.
„Oh nein!“, jammert Pia. „Wenn der uns hier ertappt!“
Doch Leander zögert, macht kehrt und entfernt sich in Richtung Scheune. Dabei verschwindet er aus unserem Blickfeld. Ist er weg?
Ist er in der Scheune? Oder durchs Tor auf die Straße gelaufen?
„Raus!“ Pia schiebt mich energisch vor sich her. Murmelt was von: „… letzte Chance, bevor er das Tor zumacht!“

5. Überraschung

Die Sonne blendet mich und ich schließe sekundenlang die Augen. Plötzlich knattert ein Roller auf uns zu und bremst. Ich höre sofort: Es ist nicht der Wollschaf-Roller, zum Glück! Pia und ich stehen nämlich ohne Deckung da. Unmöglich, jetzt noch hinter den Haufen Bauschutt zu flüchten.
„Hey!“, krächzt Pia da und hustet laut.
Ich öffne die Augen. Starre auf Helm, braun gebrannte Hände und Beine in Jeans. Der Junge nimmt den Helm ab. Es ist Ali. Und in diesem Moment schiebt Leander seinen Roller aus der Scheune. Sieht Ali und sieht uns.
„Was macht ihr zwei denn hier?“ Ali lacht schallend. Leander stimmt ein.
„Nachschauen, ob Leander schon tot ist!“, sagt Pia geistesgegenwärtig.
„Oder grade mal noch so ein bisschen lebt“, kreische ich und lache mit.

Ich bin so was von erleichtert!

„Ihr seid ganz schön dreist", sagt Leander.

Und grinst.

„Wollt ihr mit zum Sportplatz? Die Gelben spielen gleich gegen uns. Vereinsmannschaft. Aufstiegsspiel", sagt Ali.

„Aber wir müssen sofort los", drängt Leander.

Keine Zeit, wir sind mit der Clique zur Gartenschau verabredet, will ich schon sagen.

Aber Pia ist schneller: „Klar, wir kommen und drücken euch die Daumen."

„Dann steigt mal hinten auf." Ali winkt Pia zu.

Leander nickt mir zu und setzt seinen Helm auf.

In meinem Bauch kribbelt es. Doch blöderweise haben wir ja die Räder dabei!

Also radeln wir nur hinterher.

Es wird trotzdem genial. Ali steht im Tor.

Er hält die Bälle wie ein Bundesliga-Torwart.

Die Gelbhemden vom Nachbarort haben keine Chance. Gleich in der siebten Minute schießt Leander ein Tor. Dann verwarnt ihn der

Schiedsrichter, weil er einen Gegner mit der Hand weggeschubst hat. Aber Leander macht auch das nächste Tor. Ich hab gar nicht gewusst, wie spannend Fußball sein kann!

Es endet drei zu null für Leanders Mannschaft, die Kraniche Altheim.

Nach dem Schlusspfiff laufen wir mit den anderen Fans aufs Spielfeld.

Ali umarmt Pia und ich drücke den verschwitzten Leander.

Er mag es. Er küsst mich auf beide Wangen.

Als die anderen ihn beglückwünschen, behält er seinen Arm um meine Hüften.

Er lässt mich gar nicht mehr los und ich schwebe auf Wolke sieben.

Ali sagt, wir sollen warten, bis sie sich umgezogen haben. Dann können wir mit den Kranichen im Clubhaus Sieg und Aufstieg feiern.

Klar warten Pia und ich.

Und natürlich feiern wir. Leander trinkt viele Biere und murmelt in mein Haar, dass er total in mich verknallt ist.

Und abends beim großen Feuerwerk,
mit dem die Gartenschau eröffnet wird,
halten wir einander immer noch
fest und brüllen OOOOH und AAAAH,
als die Raketen in Sträußen aus bunten Sternen
über den Himmel zischen.
Und Leander drückt seine Lippen auf meine.
Mit der Zungenspitze streichelt er sie zärtlich.
Da öffne ich meinen Mund und wir küssen uns
richtig. Es schmeckt wunderbar fruchtig
wie Kirschen im Sommer frisch vom Baum.
Und die goldenen Sterne der Raketen rieseln mir
vom Nacken bis in die Zehen.

6. Sommerferien

„Und heute machen wir es“, sage ich zu ihm. Zwischen dem Feuerwerk und heute liegen fast die ganzen Sommerferien. Dreizehn freie Tage sind noch übrig, bevor das neue Schuljahr beginnt.

In den ersten drei Wochen waren Pia und ich beinahe jeden Tag am Baggersee.

Leander kam manchmal später dazu.

Er hat bei seinem Onkel in der Autowerkstatt gearbeitet und Geld verdient. Wenn er kam, sind wir schnell mit meinem gelben Badeboot rausgepaddelt und haben geknutscht und geküsst.

Dann kamen die grausam langen Tage, an denen ich es vor Sehnsucht nach Leander fast nicht ausgehalten habe. Und viele, superviele SMS von mir zu ihm.

Okay, nicht ganz so viele von ihm zu mir.

Meine Eltern und ich waren zweieinhalb Wochen

lang auf Fuerteventura in einem Hotel,
das wie eine orientalische Burg aussieht.
Mama nennt das maurischen Stil.
Ich hatte ein Zimmer mit Rundbogenfenster
und breitem Mauersims. Von da aus
konnte ich übers Meer gucken und die Palmen
am Swimmingpool sehen.
Ich hab mir vorgestellt, dass Leander und ich
hier Ferien machen. Und manchmal hab ich
einen Jungen gesehen, der ähnlich aussah wie er.
Ich bin jedes Mal zusammengezuckt und mein
Herz hat wie blöd gewummert. Natürlich war er
es nie.
Wie auch!
Leander hat zu Hause immer noch Taschengeld
verdient und seinen Eltern beim Einzug ins neue
Haus geholfen und Geburtstag gehabt und nicht
mal richtig gefeiert, sagt er.
Aber jetzt ist er achtzehn und darf allein Auto
fahren. Er hat seinen Roller verkauft und einen

weißen, etwas zerbeulten Kastenwagen gekauft,
an dem er ständig herumbastelt. *Lippmann/
Elektroservice* steht auf dem Wagen.

War mal ein Lieferwagen und Leander ist total stolz auf das Teil.
Er will damit auf Europatour gehen.
„Vielleicht schon bald“, sagt er.
„Nimmst du mich mit?“, frage ich.
„Klar, immer doch!“ Er grinst.
Ob er das ernst meint? Ich weiß nicht.
Er ist oft schlecht drauf. In der Schule hatte er viel Stress. Zu Hause auch.
Ich krieg nicht genau raus, warum.
Okay, die Eltern machen ihm Vorwürfe, weil er nicht genug auf seine kleine Schwester aufgepasst hat. Darum hat sie sich beim Rumklettern auf der Baustelle den Fuß gebrochen.
Aber nun ist sie den Gips los und alles ist wieder gut. Trotzdem soll er sich ständig um sie kümmern.
„Diese Zicke“, schimpft er. „Ich versteh nicht, warum meine Alten überhaupt noch mal ein Kind haben mussten! Und dann auch noch so ein verwöhntes, kreischendes Balg!“
„Ich finde Klärchen richtig süß. Ich hätte gern so eine kleine Schwester“, sage ich.

„Kannst meine haben“, grummelt Leander.

„Au ja! Was willst du dafür?“

Wenigstens lacht er jetzt ein bisschen.

„Geschenkt.“

Wir küssen uns.

Dann öffnet Leander die beiden hinteren Türen des Autos. Er hat einen dicken Schaumstoffbelag auf die Ladefläche gelegt, kniet sich drauf und klebt Styropor an die Seitenwände, um sie zu isolieren.

„Ich kann’s manchmal nicht mehr aushalten. Früher war’s besser. Wir sind zu dritt mit dem Campingbus verreist. Aber seit die Kleine auf der Welt ist, mag mich hier keiner mehr.“

„Aber ich, ich mag dich!“

Ich klettere zu ihm, schlinge meine Arme um ihn, drücke Küsschen auf seinen Nacken und in sein Haar. Er tut mir so, so, so leid, der arme, süße Mister Wollschaf.

Aber ihn bedrückt noch was anderes.

Das spüre ich. Hat er Stress im Fußballverein?

Und da sage ich: „Heute machen wir es."
Leander guckt mich groß an. „Was – machen?"
„Du weißt schon! Mami und Papi bleiben über Nacht weg."
„Und ich soll zu dir kommen, weil deine Eltern weg sind?" Leander schüttelt den Kopf.
„Hast du Angst allein im Haus?"
„Nee, aber ich will mit dir zusammen sein. Ganz lange, ohne dass du am Lippmann Elektroservice herumschraubst."
„Heute Abend ist aber Training. Bald geht die nächste Aufstiegsrunde los und ich hab schon zu oft gefehlt. Ich kann heute Abend echt nicht!"
In mir wird es total finster. Alle Freude ist weg. Da nimmt er mich in die Arme und drückt seine Lippen auf meine. „Ich komm nach dem Training. Okay?"

Es klingelt. Ich schrecke zusammen. Dabei habe ich doch auf Leander gewartet. Er stellt sein altes Fahrrad ab. Wischt sich den Schweiß von der Stirn, hängt den Helm an den

Lenker. Sein Vereinsshirt hat dunkle Flecken auf der Brust und unter den Armen.
Er lächelt verspannt.
„Rein mit dir!“, sage ich und klinge irgendwie daneben. Wir sind beide nicht cool. Was genau haben wir vor? „Willst du duschen?“
„Ja, gern. Ich hab ein frisches Shirt mitgebracht.“ Er klingt wie, wie …
weiß auch nicht.
„Hast du was zu trinken für mich?“
„Wasser oder Saft?“
„Bier.“
Ach so, er ist achtzehn, erwachsen!
Er darf schon lange Bier trinken.
Mein Papa hat eine ganze Kiste Pils im Keller und im Kühlschrank steht eine Flasche, die schön kalt ist. Die öffne ich für Leander.
Er kippt sie durstig runter. Dann duscht er und zieht frische Sachen an.
Wir gehen in mein Zimmer im Erdgeschoss.

„Hast du noch eine Flasche?"
Leander fläzt sich auf mein Bett.
„Ich nicht, aber mein Pa. Ich weiß nicht so recht … Wenn du meinst."
Leander trinkt diesmal langsamer. Der Duft der Sommergärten weht zur offenen Terrassentür herein. Unser Haus liegt am Hang. Wohnzimmer, Elternschlafzimmer und Küche sind oben. Unten sollte mal eine Einliegerwohnung sein, die ist aber nie benutzt worden.
Seit vorigem Sommer darf ich hier wohnen mit eigener Dusche und WC.
Leander schweigt.
„Was hast du? Gefällt's dir nicht?"
„Doooch, wieso?"
Ich setze mich neben ihn, lege die Arme um seine Schultern, den Kopf in seine Halsbeuge.
„Alles okay, kleine May", murmelt er und hält mir Papas Bier hin.
Ich trinke, obwohl ich Bier nicht mag.
Und dann küssen wir uns.

7. Verschlafen

„Wach auf, Leander!" Ich rüttle ihn.
Er hat im Schlaf ganz fürchterlich gestöhnt.
„Du hast geträumt. Wach auf. Es ist alles gut.
Wach auf!" Ich halte mein Gesicht nahe an
seins, meine langen Haare kitzeln seine Nase.
Er reibt sie mit geschlossenen Augen.
Ich küsse seine Stirn, seine Wangen, seinen
Mund.
„Wach bitte auf. Die Sonne scheint!
Es ist schon nach neun. Wenn meine Eltern uns
im Bett finden, gibt's Ärger!"
Dabei war alles so schön. Wir haben ein
bisschen gekuschelt und einander gestreichelt
und es hat wunderbar gekribbelt. Und dann
ist Leander plötzlich weggesackt und ich war
noch wach und hab ihn so lange angeschaut,
bis es dunkel wurde. Dann hab ich die Terrassen-
tür zugemacht und bin neben ihm eingeschlafen.
Aber das glauben meine Eltern mir nie.

„Leander, du musst wach werden!“
Er lächelt mich an.
Es kribbelt und knistert in mir.
„Lass mich weiterschlafen. Ich muss diesen Albtraum abschütteln, ich hab so schlecht geträumt.“
Er zieht die Knie an, rollt sich vom Rücken auf die Seite, aber das lass ich nicht zu.
„Steh auf, bitte!“
„Du summst ja wie ein Bienenschwarm, Maylin“, grummelt er.
„Ich bin noch in dem schrecklichen Traum gefangen.“
Er greift meinen Nacken, zieht meinen Kopf zu sich und küsst mich.
„Rette mich, Marie-Helene!“
Doch ich reiße mich los und knie im T-Shirt mit bloßen Beinen über ihm.
„Ich krieg totalen Stress mit meinen Eltern, wenn sie dich hier finden!“ Ich versuche streng auszusehen.
„Marie-Helene, kleine Maylin.“
Er schaut mich ernst an.

„Dass es so was wie dich gibt!“
„Ja, ja, es gibt mich. Aber jetzt raus mit dir, versteh doch bitte!“
„Okay, Großtante Mathilde. Ich gehorche ja schon“, murmelt er und ich muss lachen. „Ich seh ja ein, dass ich aufstehen und mich anziehen muss. Ärger sollst du meinetwegen nicht bekommen. Deine Eltern sind sooo streng, die sperren dich glatt in den Hexenturm bei Wasser und Brot! Du zitterst ja schon!“
Er reißt mich an sich.
Flutwellen, heiß wie Geysire, stürzen über mich.
Ich krieg kaum noch Luft.
Drücke Leander von mir weg.
Ich weiß selber, dass ich für alles noch zu jung bin. Meine Mami hat es mir deutlich gesagt.
Ich hör ihre Stimme in mir tönen:
„Marie-Helene, ihr seid beide noch halbe Kinder. Du bist nicht mal vierzehn! Meine Güte, in deinem Alter hab ich noch mit Puppen gespielt!“

„Das stimmt nicht, Mama. Du hast mir selber erzählt, dass du in meinem Alter in deinen Klavierlehrer verknallt warst!“

Sie bekommt dann jedes Mal eine Ärgerfalte
über der Nasenwurzel und wedelt
mit der rechten Hand in der Luft herum,
will meinen Einwand wegwischen.
„Dein Leander ist zwar fünf Jahre älter,
aber sehr erwachsen wirkt er nicht gerade.
Wenn er dich lieb hat, muss er dich in Ruhe
lassen, bis ihr älter seid. Gegenseitige Achtung
ist wichtiger als früher Sex!"
„Wir machen doch gar nichts. Und vom Petting
wird man nicht schwanger, Mami!"
Huch, das war zu viel. Sie reißt die Augen auf,
als ob ich zum Dinosaurier mutiert wäre.
„Reg dich ab, Mami. Leander mag mich, wir
verstehen uns gut. Wir sind einfach nur gern
zusammen."

♡

Okay, wenn sie uns jetzt hier findet, bin ich
nicht mehr so sicher, dass sie mir glaubt.
Aber statt zu verschwinden, erzählt Leander mir
seinen gruseligen Albtraum.
Irgendwas aus einem Film über Inkas oder

Mayas, die ihn auf einem Steintisch schlachten
wollten.
„Der Oberpriester wollte mir mit einem riesigen
Messer die Brust aufschlitzen und mein Herz
rausreißen. Ich hatte tierisch Angst.“
„Warum guckst du auch so grässliche Filme?“
Er fährt sich durch die Locken. „Zum Glück
hast du mich geweckt!“
Endlich rafft er sich auf.
Weg mit der Bettdecke.
Er schleudert sie auf mich, dass ich wie
unter einem eingestürzten Zelt begraben bin.
„Hey!“
Ich, schon barfuß neben dem Bett, wollte mir
das T-Shirt ausziehen.
Ich schüttle die Decke ab. Werfe sie über ihn.
Gut gezielt! Er lacht. Streift sie ab und wirft
sich auf mich.
Und wir fallen wieder übereinander her.
Wir kitzeln uns, ringen kichernd miteinander
und kriegen kaum noch Luft. Ineinander
verschlungen, kämpfen wir darum, wer wen
zuerst küsst.

Wir sind eingehüllt in ein magisches,
prickelndes Gefühl, das uns alles vergessen lässt.
Uns dahin trägt, wo alle Gedanken enden.
Nicht nachdenken.
Nicht fragen, wie es weitergeht.

8. Eltern

„Maylin! Also wirklich!“ Die Stimme meiner
Mutter tönt schrill wie ein Wecker.
Wir fahren hoch und starren sie an.
„Jetzt aber ganz schnell auseinander!“
Sie blitzt vor Zorn. „Und wir reden später,
Maylin, okay?“ Damit pfeffert sie die Tür zu.

Wir sind elektrisiert vor Schreck.
Wir haben mein Zimmer nicht abgeschlossen.
Wozu auch? Meine Eltern wollten erst
am späten Vormittag zurück sein.
Nur leider ist es längst mehr als später Vormittag.
Ich blicke ungläubig auf das große Zifferblatt
von meinem Wecker. Es zeigt vierzehn Uhr
dreißig.

Waren wir so abgetaucht?
Ich muss kichern.
Was für eine wahnsinnig schöne, lustige Liebe!

Leander schlüpft schon in seine Jeans und sucht sein T-Shirt.
Als ich die Terrassentür öffne, drückt feucht-warme Luft ins Zimmer. Fühlt sich gewittrig an.
Wie die Stimmung im Haus.
Wir durchwühlen alles nach Leanders T-Shirt, finden es unter meinen Jeans, verwurstelt mit meinem Top, dem blau-weiß gestreiften, das er gestern so sexy fand.
Er drückt mir einen letzten Kuss auf die Lippen, dann schiebe ich ihn durch die Tür, die in den Garten führt.
Meiner wütenden Löwin von einer Mutter muss er nicht unbedingt noch mal begegnen.
Leander kann ja nichts dafür.
ICH hab ihn eingeladen.
Und es war einfach wunderbar.

Und nun?
Nur Mut, Maylin!
Ich betrete die Höhle der Löwen.
Und die Löwen knurren gewaltig.

9. Leanders Entschluss

„Meine Eltern wollen mit dir reden“, sage ich, sobald ich Leander sehe. „Sie haben mir verboten, dich zu treffen.“

Leander legt den Schraubenschlüssel weg und schiebt sich unter seinem weißen Kastenwagen hervor.

„Ich bin einfach abgehauen und zu dir gefahren“, sage ich und klappe den Fahrradständer heraus. Ich muss mich zusammenreißen, damit ich nicht losheule.

„Das war ja megaschlau“, meint er.

„Das verärgert sie erst recht. Halt mal lieber den Ball flach.“

Wir sind allein im Hof zwischen dem alten und dem neuen Haus. Leanders Eltern sind samt Klärchen zu Freunden mit kleinen Kindern gefahren. Ich glaub, das ärgert Leander.

Darum ist er so kratzig.

Aber ich muss unbedingt mit ihm reden.

Leander klopft seine Latzhose ab, wäscht sich die Hände am Gartenschlauch. Jetzt zieht er das fleckige T-Shirt aus. Er sieht echt süß aus, so mit bloßem Oberkörper.

Wir hocken uns nebeneinander auf die Gartenbank an der sonnigen Hauswand. Das neue Haus ist inzwischen zitronengelb gestrichen und zu beiden Seiten der Tür stehen Blumenkübel mit roten Geranien. Es ist immer noch schwülheiß.

Ich lege beide Arme um Leanders Hals.

Leander hat die Hände zwischen seinen Knien gefaltet und lässt den Kopf hängen.

Er schaut mich nicht an.

„Tut mir echt leid wegen heute Morgen“, sagt er. „Ich hätte früher gehen sollen. Ich mach immer alles falsch. Und jetzt hast du Stress mit deinen Eltern wegen mir.“

„Pah! Ich lass mir überhaupt nichts von denen verbieten.“

„Sind deine Eltern wirklich so sauer?“

Er hebt den Kopf und schaut mich an.

Seine Augen sind hellgrau, fast weiß.

Ich starre ihn verzweifelt an.
„Du bist volljährig. Erwachsen.
Und sie behaupten, ich wäre noch ein Kind,
das nicht über sich selbst entscheiden darf."
„Kapier ich nicht." Leander schaut mich zärtlich an. „Für mich bist du doch kein Kind, Maylin", murmelt er, zieht mich zu sich und küsst mich, bis ich keine Luft mehr kriege.
„Sagst du das meinen Eltern?", frage ich, als er mich wieder loslässt.
„Was?"
„Dass ich kein Kind mehr bin?"
„Wieso sollte ich?"
„Na, damit sie es wieder erlauben. Damit wir uns treffen dürfen und küssen und alles ..."
„Das ist nicht nötig. Ich bin sowieso bald weg. Dann erledigt sich alles von selbst."
„Was, weg?" Mein Herz klopft plötzlich wie verrückt.
„Ach, komm. So eine Tour ist nichts für kleine verwöhnte Mädchen."
„Grad hast du gesagt, ich wär kein kleines Mädchen für dich!", rufe ich empört.

„Was gilt denn jetzt?"
„Dass ich allein fahre." Er steht auf.
„Sei lieb und lass mich. Ich komm ja irgendwann wieder. Bis dahin haben sich deine Eltern dann beruhigt."
Ich starre ihn entsetzt an.
„Ist das dein Ernst?"
Leander nickt und schweigt.
Vor meinen Augen verschwimmt alles.
Ich fasse es einfach nicht!
Wie kann Leander mich so im Stich lassen?
Ich schnappe mein Rad. Weg. Nur weg!

10. Pia und das Internet

Und wohin? Am Himmel treiben schwarze Wolken.

Wind fährt in die Bäume.

Bloß nicht nach Hause.

Pia! Ich muss Pia alles erzählen.

Sie weiß noch nicht, dass Leander bei mir übernachtet hat.

Dass meine Eltern deswegen stinksauer sind.

Dass ich Leander nicht mehr treffen darf.

Dass sie es mir total verboten haben.

Und behauptet, es gäbe sogar einen Paragrafen im Gesetzbuch dazu.

Pia muss alles wissen: dass mir ihr blödes Verbot schnurzegal ist. Und alle noch blöderen Paragrafen der Welt sowieso.

Aber dass es mir das Herz zerreißt. Denn Leander will ohne mich wegfahren!

Ich trample wie verrückt.

Über mir peitscht der Wind die Baumwipfel.

Dicke Tropfen platschen aufs Pflaster.
Es riecht staubig und würzig. Nach Sommerregen auf heißem Asphalt.

Dann platzen die Wolken. Es blitzt, es donnert und gießt. Wenn mich der Blitz erschlägt?
Das werden meine Eltern bereuen. Leander auch.
Wenn ich tot bin, wird es ihnen leidtun!
Das Gewitter ist genau über mir. Doch da erreiche ich die ersten Häuser der Siedlung.
Aus der Straße ist ein reißender Bach geworden.
Wasser gurgelt lehmgelb im Rinnstein.
Ich mittendurch. Das weiße Minikleid klebt auf meiner Haut. Regen rinnt mir aus den Haaren.
Klatschnass erreiche ich Pias Haus.
Sturmklingeln!
Ihr Papa öffnet, ihre Mama wickelt mich in ein großes Saunatuch, Pia rubbelt mich trocken und stopft mich in ihren flauschigen Bademantel.
Draußen klatscht der Regen an die Fensterscheiben.

Ich zittere, schlottere, meine Zähne klappern.
Pias Mama bringt uns heiße Schokolade mit Sahne.
Ich schnuppere den süßen Duft. Bin gerettet.
Ich erzähle.
Pia hört zu.
„Oh je, du Arme!“, sagt sie mitleidig.
Ich kann kaum sprechen vor lauter Geschluchze.
Von Leander behauptet sie: „Der tickt nicht richtig!“ Sie tippt sich wild an die Stirn.
„Was will er denn jetzt verreisen, wo die Schule bald wieder anfängt?“ Dann drückt sie mich lange. „Ob Eltern uns verbieten können, mit einem Jungen zusammen zu sein?
Das wüsste ich selber gern. Keine Ahnung!“
Draußen fegt der Sturm abgerissene Äste ans Fenster. Doch das Gewitter grummelt schon weiter weg. Wir hocken stumm auf Pias Bett.
„Internet!“ Pia lässt mich los und stürzt sich auf ihr Laptop. „Wir schauen nach, ob das mit dem Paragrafen stimmt.“
Pia gibt „Jugendschutz“ ein.
Die Suchmaschine spuckt zwar Paragrafen aus,

aber da geht es nur darum, wie lange wir abends
ausgehen und dass wir nicht rauchen dürfen.
Und keinen Alkohol ausgeschenkt bekommen.
Über das Liebesverbot zwischen Leander und
mir finden wir nichts.
„Forum“, murmelt Pia, loggt sich ein und
fragt unsere Freunde.
Carlo3 ist online und schreibt sofort zurück:
Der Paragraf heißt 176 oder 180, ich weiß
nicht genau, jedenfalls stellt das Strafgesetzbuch
nur Sex mit abhängigen Minderjährigen
unter Strafe.
Und nur, wenn der Erwachsene Zwang ausübt.
Das ist ja bei euch nicht der Fall!
Kitty weiß es genauer:
Vorsicht, Leute!
Eure Eltern können euch den Umgang verbieten!
Vor allem, wenn du noch nicht 14 J. alt bist!
Mist, das haben sie schon gemacht.
Sie haben mir verboten, Leander zu treffen.
Sie wollten es ihm höchstpersönlich sagen.
Damit er mir ab sofort aus dem Weg geht.
Aber muss ich mich dadran halten?

Wir fragen noch einmal rund: *Können Eltern den 18-jährigen Freund anzeigen?*
Darüber weiß niemand so genau Bescheid.
Jens bringt das Stichwort „Anzeigendelikt“ auf.
Danach könnte ein Achtzehnjähriger angeblich bestraft werden, wenn ihn meine Eltern anzeigen.
So ein Quatsch, das glaub ich einfach nicht.
Pia versucht es mit dem Stichwort „Sex unter 14 Jahren“.
„Nee, Pia, lass mal. Das betrifft uns nicht.
Ich bin in zwei Wochen vierzehn! Klick das weg.
Leander und ich lieben uns doch einfach nur.
Ich muss zu ihm. Ganz dringend.“
Pia schaut mich groß an. „Wieso denn zu ihm?
Ich denk, das sollst du grad nicht!“
Ich tippe schon die SMS an Leander.
„Tschüss, Pia, danke für alles!“

11. Heimlich

Es ist dann so gekommen: Leander hat auf meine SMS geantwortet, dass er mich lieb hat und mich noch einmal treffen möchte. Morgen ganz früh.
Am Sportplatz.
Wieso, noch EINmal?, hab ich geantwortet.
Und er: Ich hau ab. Kannst du mir die Vignette mitbringen, die bei euch am Pkw mit Tesa angeklebt ist?
Er meint die Vignette für Schweizer Autobahnen. Papa war im Februar mit seinen Kumpels beim Skifahren. Eigentlich muss man das Teil wie ein Abziehbild aufkleben. Papa hasst das, denn man kriegt es dann kaum noch ab.
Scharf beobachtet, Lenni, denke ich.
Und du kriegst die Vignette nur, wenn ich mitfahren darf!
Eine Stichflamme aus purem Glück durchfährt mich bei diesem Gedanken.

Jajaja! Ich fahre mit Leander in die Welt.
Herrliche Ferien liegen vor mir.
Und was sage ich meinen Eltern?
Die Glücksflamme erlischt. Mist.
Ich KANN ihnen gar nichts sagen.
Sie haben mir ausdrücklich verboten,
Leander zu treffen.
Die erlauben mir nie, nie, niemals mit ihm
auch noch in der Welt herumzureisen.
Die haben ja keine Ahnung, was Liebe ist.
Wieso denken sie eigentlich, dass sie mir das
verbieten können? Am liebsten würde ich ganz
aus ihrem Leben verschwinden.
Vielleicht kapieren sie dann,
dass ich kein Kind mehr bin.
Erst mal klaue ich ihnen die Vignette.
Das haben sie davon!
Ich mache es, während meine Eltern abends bei
Pias Eltern hocken.
Pia schüttelt zwar den Kopf.

Sie findet Leander unmöglich.
„Was zieht der dich da mit rein?
Soll er doch zur Hölle fahren!“

Aber sie steht Schmiere, bis ich den Autoschlüssel wieder an seinen Platz gehängt habe.
Ich sage ihr nicht, dass auch ich ab morgen weg sein werde.
Es fällt mir total megaschwer.
Doch Pia wäre bestimmt nicht einverstanden, dass ich heimlich abhaue. Und sie würde so lange auf mich einreden, bis ich nachgebe.
Ich kenn sie doch, sie schafft das.
Aber ohne Leander will ich keinen Tag mehr sein.
Jetzt erst recht nicht!
Also packe ich. Was man für zehn Tage Ferien braucht. So lange haben wir noch, bis die Schule wieder losgeht.
Geld (von der Konfirmation), Ausweis und die geklaute Vignette.
Mami und Papi schreibe ich einen total netten Brief, trotz Wut im Bauch. Damit sie sich keine Sorgen machen. Herzchen draufgemalt.
Und dick unterstrichen: Bin bald zurück.
Dann streichle ich noch schnell mein Kaninchen Mucki und füttere es.

Ich stelle den Wecker, aber ich kann die ganze Nacht nicht wirklich schlafen.
Ich denke nur an Leander. Träume von unserer Reise. Wie superschön es sein wird, Tag und Nacht mit ihm zusammen zu sein.

Es ist halb fünf. Der Rucksack schwer wie Stein. Leise, ganz leise schleiche ich mich aus dem Haus, damit Mami und Papi nicht aufwachen.
Noch ist es nicht mal hell. Im grauen Morgenlicht schlafen die Häuser.
Auf leisen Turnschuhsohlen husche ich an den Gartenzäunen vorbei.
Plötzlich ein schwankendes Radlicht.
Der Zeitungsbote!
Ich ziehe den Kopf runter und ducke mich hinter die Hecke, solange er bei den Nachbarn das Tagesblatt in den Briefkasten stopft.
Mein Herz wummert.

Ich habe ein schlechtes Gewissen.
Die Jungs und Mädels im Internet haben mich gewarnt.

Verboten, was ich mache! Ich bin eine
Verbrecherin aus lauter Liebe!
Die Luft riecht nach nassem Laub. Der Sturm hat
kleine Äste und Blätter auf die Straße gestreut.
Ist das weit zu Fuß! Aber wenn ich mein Rad
genommen hätte, und jemand würde es finden?
Meine Eltern würden krank werden vor lauter
Sorge! Trotz Brief!
Gestern hätte ich's ihnen gewünscht.
Heute tun sie mir fast schon wieder leid.
Sie haben es gut gemeint.
Aber sie verstehen mich überhaupt nicht.
Und von Liebe verstehen sie erst recht nichts.
Wann wird es denn endlich hell?
Und wenn ich zu spät bin?
Wenn Leander nicht auf mich wartet?
Wenn er ohne mich weggefahren ist?
Ich biege in die Straße ein, die zum Sportplatz
führt. Hinter mir brummt ein Pkw. Hoffentlich
niemand, der mich kennt!
Die Scheinwerfer erleuchten die Straße und den
Platz vor uns, gleiten vorüber.
Doch ich habe es genau gesehen. Er ist da!

Leander hat die Aufschrift auf dem Wagen mit Autolack übersprüht. Statt *Lippmann* steht da jetzt: *Jippi*. Und Leander sitzt hinterm Lenker, vertieft in die Landkarte.

Ich reiße die Beifahrertür auf, rutsche auf den Sitz und klemme den sperrigen Rucksack zwischen meine Knie. Mit den Füßen stoße ich an einen Wasserkanister. Klack, rums, Tür zu.

Ich falle Leander um den Hals.

„Da bist du ja, Maylin, hast du die Vignette?“

„Na klar, im Rucksack!“

„Wieso Rucksack? Machst du einen Ausflug?“

„Nee-iin“, flüstere ich.

Kapiert er tatsächlich nicht?

Ich drücke meinen Mund auf seinen. Die Landkarte rutscht knisternd von seinen Knien.

Atemlos tauschen wir Kirschenküsse.

Aber dann sagt er: „Ich muss los.
Ich will heute noch über den Bernardino.
Schau mal, so.“

Er klappt die Landkarte auf, zeigt mir den Bodensee, die Autobahn durch die Schweiz Richtung Chur.

„Also los! An der Grenze kleben wir die Vignette an die Scheibe!“
„Wir?“
„Klar, ich fahr mit dir. Hab alles dabei, was wir brauchen!“
Erst wehrt er sich ein wenig, weil wir ja Liebesverbot haben. Das muss man sich mal vorstellen: Den ollen Paragrafen nach machen wir schon verbotene Liebe, wenn wir kuscheln und uns küssen!
Scheinwerfer, der nächste Pkw. Ich ducke mich und Leander lässt den Motor an.
„Los, schnell weg, bevor uns jemand erkennt!“, wispere ich.
Leander fährt.
Ich bin total kribbelig. Aufregung pur. Reisefieber. Ich habe kalte Hände und heiße Backen vor lauter Glück.
Später fallen mir die Augen zu.

Ich werde erst wach, als wir hinter tausend Lastwagen die Bundesstraße am Bodensee entlangzockeln.

„Wir sind gleich in Kreuzlingen. Schweizer Grenze“, sagt Leander, grinst und stupst mich an. „Na, du Ausreißerin? Gut geschlafen?“

12. Jippi

Plötzlich kriege ich Schiss. Grenze, Ausland.
Meine Hände sind kalt, meine Zehen aus Eis
und mein Herz hämmert in den Schläfen.
Was, wenn die Grenzbeamten unsere Ausweise
kontrollieren? Und feststellen, dass ich
noch nicht vierzehn bin und keine Erlaubnis
von meinen Eltern habe, alleine ins Ausland
zu reisen? Mit dreizehn gelte ich doch noch
als Kind.
Aber Papi, Mami und ich waren oft zum
Klettern oder Skifahren in der Schweiz und
sind nie kontrolliert worden. Vielleicht haben
wir Glück.
Das Grenzgebäude ist in Sichtweite.
Meine Eisfinger zittern. Die Pkw-Schlange
bewegt sich schnell in ihrer Spur.
Kein Mensch wird kontrolliert.
Doch!
Jetzt.

Oh nein.
Aus dem Glashaus tritt ein Beamter.
Ich halte die Luft an.
Und wenn sie uns bereits suchen?
Wenn meine Eltern entdeckt haben, dass ich
weg bin?
Ganz ruhig, Marie-Helene, sage ich mir.
In den Ferien gucken die morgens nie nach mir.
Da lassen sie mich schlafen.
Die weiße Swatch mit den Kristallpünktchen,
die ich zur Konfirmation bekommen habe,
zeigt 8.30 Uhr. Jetzt sind beide schon unterwegs
zur Arbeit. Meinen Brief finden sie sicher erst
am Nachmittag.
Der Beamte guckt sich um. Macht eine
Handbewegung. Stoppt das Auto vor uns.
Die suchen mich wirklich!
Die schicken mich zurück!
Vor lauter Aufregung muss ich dringend pinkeln.
Doch der Beamte, der will mich gar nicht
verhaften! Er sprintet über den Weg und
verschwindet im Gebäude rechts,
wo man die Vignetten kaufen kann.

Leander rollt völlig cool über die Grenze.
Es ist nichts passiert. Wir sind frei!
Jippi!!!

Ich muss trotzdem mal. Leander parkt vor dem Toilettenhaus auf Schweizer Seite.
Ich küsse ihn, bevor ich aus dem Jippi schlüpfe.
Vor Glück könnte ich die ganze Welt umarmen.
Sogar das Toilettenhaus kommt mir schön vor.
Frischkaltes Wasser zum Händewaschen.
Aus dem Spiegel lacht mich mein eigenes Gesicht an. JIPPI!
Ich hüpfe zurück zu Leander. Meinem eigenen, geliebten Mister Wollschaf, Lenni!
Leander ist in die Landkarte vertieft.
„Hi, Baby, jetzt aber nix wie weg!"
Auch er strahlt über beide Ohren.
„Lass uns erst frühstücken, ich hab Hunger."
Ich zerre an meinem Rucksack.
„Ich hab Schokoriegel und Haferkekse mit, aber nichts Warmes zu trinken, nur eine Flasche Wasser."

„Später“, sagt er. „Wir machen noch Pause, erst muss ich rausfinden, ob wir besser über St. Gallen fahren oder über Frauenfeld.“

„Ist doch egal“, meine ich. „Hauptsache, wir kommen irgendwie nach Italien, hier sieht's nach Regen aus.“ Der Himmel ist grau.

Das macht mir nichts. Ich bin überglücklich! Bloß mein Magen knurrt. Und Durst hab ich auch.

Ich fummle also die Wasserflasche heraus und trinke. Wie eine kalte Schlange rinnt es mir den Hals entlang. Igitt, schöner heißer Cappuccino oder Kakao mit Sahne, das wär's.

Aber so schmeckt halt die Freiheit!

Eiskalt und prickelnd schmeckt sie.

„Du auch?“ Ich halte Leander die Flasche hin.

„Jetzt nicht“, knurrt er. „Wir fahren über St. Gallen.“

Ich knabbere an einem Schokoriegel. Macht nicht wirklich satt, aber schmeckt.

Im Kreisverkehr folgt Leander nicht den grünen Autobahnschildern.

„Da stand aber doch St. Gallen!“, rufe ich.

„Das ist viel weiter. Hier lang geht's schneller, Baby."

Er fährt Richtung Arbon am See.

Schokoriegel mag er nicht.

Nur Haferkekse und Wasser. Viel Wasser.

Leander braucht auch keine Pause. Er fährt und kaut und trinkt, alles gleichzeitig. Ich muss es ihm nur mundgerecht hinhalten. So macht es Mami, wenn Papi schnell am Ziel sein will.

Ja-ha, so fühlt sich Erwachsensein an!

Megastark.

Graue Nieselwolken hängen überm Bodensee.

Der alte Kastenwagen rüttelt und schüttelt.

In jeder Kurve rutsche ich von A nach B.

Der Sitz ist hart und die alten Federn drücken in meinen Po.

Macht nichts, Marie Helene, sage ich streng zu mir. Das hier ist das große Abenteuer.

Und Abenteuer müssen aufregend und unbequem sein!

Bei Rorschach kommen wir endlich auf die Autobahn. Wir sind leider nicht die Einzigen.

Hunderte Lastwagen, Kleintransporter und

schnelle Pkws wollen wie wir Richtung Chur und nach Italien.

Kurz vor Ragaz klingelt mein Handy.

Mir fährt der Schrecken in die Glieder.

Ich drücke schnell den Anruf weg. Gleich darauf kommt eine SMS. Ist ja gut, später!

Zittrig schalte ich das Handy aus. Herzgewummer!

Leander legt seine Hand auf mein Knie.

„Na, Süße, was sagst du?“

Er zeigt auf die grünen Schilder: Chur, San Bernardino und das I für Italien!

13. Heidiland

Anderthalb Stunden später sieht die Welt wie verwandelt aus. Knallblauer Himmel über fantastischen Bergrücken. Leander kurbelt das Fenster herunter. Wir schnuppern die warme Luft der Kuhwiesen und den Duft der reifen Äpfel von den Obstplantagen.
Ich lehne meinen Kopf an Leanders Schulter. Er greift mit der Hand in meinen Nacken und fährt zärtlich durch meine Haare.
Wow! Total magnetisch!
Die nächste Raststätte kündigt großartig das Heidiland bei Maienfeld an.
„Hey, da war ich mal mit meinen Eltern!“
Mit einem Ruck setze ich mich auf.
„Wir haben sogar in Maienfeld übernachtet!“
Tausend schöne Erinnerungen an die Zeit, als ich klein war, schlüpfen aus ihren Märchenhöhlen.
„Echt? Wir auch!“ Leander grinst.

„Wir sind auf die Alm gestiegen, mein Vater hat mir extra einen Stock geschnitzt, wie ihn der Geißenpeter hatte.“

Wir lachen. Wir grölen: „Heidiii, deine Welt sind die Berge … denn dort oben bist du zu Haus.“

Leander nimmt die Ausfahrt.

„Pause in Maienfeld?“ Er strahlt mich an.

„Ja, supi! Klaro!“

Wir kommen in eine starke Kurve und Lenni tritt auf die Bremse. Der Jippi kreischt ärgerlich. Leander beißt die Zähne zusammen.

„Scheißteile“, knurrt er.

„Was? Die Straße oder die Bremsen?“ Das Gekreische kommt mir eigentlich ganz lustig vor.

„Scheißbremsen!“ Er biegt ab und wir fahren in einen Kreisel um eine künstliche Bergziege herum. In der Kurve quietscht der Jippi schon wieder. Leander schüttelt nur den Kopf darüber.

Dann parken wir genial praktisch mitten in Maienfeld.

Es ist fast Mittag und die Luft schon richtig

warm. Ich muss mir unbedingt den dicken Pulli ausziehen und die hellblaue Bluse aus dem Rucksack wühlen und übers Trägertop stülpen.
Dazu die Sandalen!
Das ist ein ziemliches Gewurstel.
Obwohl der Rucksack jetzt hinten auf der Ladefläche liegt. Ich knie zwischen Schlafsäcken, Kissen und Gepäck.
Leander steht vor dem Auto und wartet.
„Ich krieg die Socken nicht aus!“
Ich strecke ihm meine Füße hin.
Er zieht die Socken ab, kitzelt mich gemein an den Sohlen. Ich kringle und winde mich.
„Hör auf!“
Aber er lacht nur.
Endlich hab ich die Füße in den goldfarbenen Sandaletten mit den heißen Absätzen.
„Bist du fertig?“
„Gleich! Muss nur noch das Ringgummi aus den Haaren pulen. Und die Wimpern nachtuschen. Und ganz bisschen Lippenstift?“
Leander grinst und sagt: „Oh je, ihr Frauen mit eurem Schönheitsgetue!“

Ich strecke ihm die Zunge raus. Insgeheim fühle ich mich sehr erwachsen.
Leander öffnet die Türen für mich. „Bitte sehr, Prinzessin", sagt er spöttisch und hebt mich aus dem Jippi.
„Du siehst toll aus, kleine May!" Er hält mich fest und die Welt fährt Karussell mit uns.
Dann bummeln wir mit vielen Heidifans am Heidihaus und den kleinen Läden entlang und gucken Stoffziegen und Filzhüte, Dirndl und Puppen und Bücher und Tassen und Pralinen mit Heidiaufdruck an.
Irgendwie ist es lustig und wir lachen uns kaputt über den ganzen Kinderkram.
Ich bin aber total verzaubert,
weil Leanders Finger sich um meine Finger
schlingen und unsere Hände verabreden,
dass sie einander nie mehr loslassen werden.

14. Sternennacht

Nachdem wir Pommes und Vegi-Nuggets gegessen haben, bis uns fast schlecht ist, fahren wir im hellen, warmen Nachmittag weiter. Manchmal gibt der Jippi beim Bremsen seine kreischenden Schleifgeräusche von sich.
Und dann wieder nicht.
Ab und zu dröhnt es, als ob ein Flugzeug hinter uns landen würde.
Allmählich finde ich es nicht mehr lustig.
„Und wenn die Bremsen ganz ausfallen?"
„Ach was!" Leander will trotzdem unbedingt die Passstraße hoch und nicht durch den Tunnel fahren.
Sein Opa hat ihn mal zu einer verrückten Fahrt über mehrere Alpenpässe mitgenommen.
Auf den Passhöhen haben sie im Zelt übernachtet.
Der Opa lebt nicht mehr. Und jetzt ist Leander erwachsen und will Pässe fahren und hoch oben übernachten. Also Bernardino!

Immer wieder überholen uns Biker.
Leander seufzt.
Ich weiß schon, er wäre am liebsten auch mit einer solchen Maschine unterwegs.
Bei der nächsten Biegung kreischt uns der Jippi besonders zornig an. Noch mehr Biker knattern an uns vorbei.
Schon werden die Lärchenwälder dünner.
Die Landschaft ist immer karger.
Da biegt Leander in einen Holperpfad ein und parkt einfach zwischen Felsbrocken und den letzten flammend gelben Bäumen auf dem dünnen Gras. Ich staune. Vor uns ist eine traumhafte Aussicht auf die Berge und den Himmel.
Ich muss erst mal raus, mich dehnen und strecken.
Ich bin randvoll müde von dem verrückten, aufregenden Tag.
Auch Leander reibt sich die Augen und gähnt.
Es ist spät. Doch im Westen brennt der Himmel noch ein klitzekleines bisschen goldrot zwischen grauen Wolkenbänken. Die Sonne schlüpft immer tiefer hinter die Bergwände.

Holzrauch von den Häusern unterhalb
der Passhöhe treibt mit dem Abendwind
in unsere Nasen.
Wir sind ganz allein.
Ein bisschen unheimlich, aber doch schön.
Leander sammelt Zweige und Tannenzapfen.
Vor den Hintertüren des Jippi baut er eine
Feuerstelle aus Steinen.
Ihm macht die Einsamkeit überhaupt nichts aus.
Mir auch nicht. Er ist ja bei mir!
Ich schlüpfe wieder in Langarmshirt, Pulli
und Socken. Das Feuerchen brennt golden
und knistert. Auf der Ladefläche hat Leander
mit Isomatten, Schlafsäcken und Kissen ein
gemütliches Lager gebaut.
Wir hocken im Jippi und baumeln mit den
Beinen. Leander hält mich ganz fest und warm.
Die Schatten an den Berghängen wachsen und
der Himmel bleicht aus.
„Die Nacht kriecht aus den Tälern“,
flüstert Leander mir ins Ohr.
„Siehst du ihre schwarzen Finger,
mit denen sie sich an den Bergen festkrallt?“

Mich überrieselt's wie kalter Sand.
Pia würde sagen: Megagalaktisch.
Ach, Pia, wenn du hier wärst!
Ich bin total verknallt. So, als hätte ich Leander heute zum ersten Mal gesehen.
Und ich spüre, dass er mich auch lieb hat.
Wir trinken süßen Rotwein aus der Flasche und mein Kopf wird herrlich schummerig davon.
„Siehst du den Abendstern?"
Leander zeigt mit der Weinflasche
auf das blinkende Fünkchen am Himmel.
„Höchste Zeit, ins Nest zu kriechen!"
Das Feuer glimmt nur noch.
Meine Zehen sind längst wie aus Eis,
trotz zwei Paar Socken übereinander.
Wir kriechen in die Schlafsäcke.
Leander breitet außerdem eine dicke Wolldecke über uns beide. Meine Nase erstarrt langsam zum Eisklumpen, aber Leanders Hand auf meiner Stirn wärmt herrlich.
Kaum liege ich, schlafe ich auch schon ein.

Wo um alles in der Welt bin ich?
Es ist stockdunkel!
Irgendwo raschelt und trappelt es unheimlich.
Hab geträumt, dass ich in der Schultoilette wäre, aber es gab keine Türen zwischen den einzelnen Kabinen und die Kloschüsseln hatte ein Monster mit riesigen Zähnen und grausamen Krallen abgerissen.
Langsam werde ich wach.
Ach ja, wir sind im Jippi.
Irgendein Tier tappt übers Autodach.
Jetzt ist es weg. Ich muss wirklich mal.
Neben mir schnarcht Leander.
Ich rüttle ihn. Er ist sofort wach.
„Du, ich muss mal!“
„Kein Problem“, murmelt er, greift nach der Taschenlampe, beleuchtet die Türen und entriegelt sie.
„Nimm meine Crocs, die stehen draußen.“
Ich wühle mich aus der kuscheligen Wärme.
Eiskalte Luft schlägt mir entgegen.
Schnell in die Riesenlatschen und hinter den nächsten Felsbrocken gehockt.

Es ist gar nicht finster hier draußen.

Über mir der funkelnde Sternenhimmel.

Leander steigt auch aus.

„Siehst du die Milchstraße? Und da,
den Großen Wagen!"

Die Köpfe im Nacken, halten wir uns fest und warm. So fliegen wir durch alle Sterne des Universums.

Morgens Kirschenküsse.

Dann heißes Wasser dank Leanders Mini-Gaskocher.

Abwechselnd trinken wir Schlückchen pechschwarzen, bittersüßen Pulverkaffee aus der blau getüpfelten Emailletasse.

Dazu knabbern wir Butterkekse.

Leander hat wirklich an alles gedacht.

Nur nicht an die Bremsen.

15. Passfahrt

Keuchend biegt der Jippi um die letzte Kehre.
Wolken liegen wie Nebel über einem Gebäude aus grauen Feldsteinen und schweben überm See.
Eine bunte Reihe aus Pkws parkt hier oben und die Biker sind tatsächlich auch schon startbereit.
Fußgänger laufen wie blinde Schafe vor uns über die Straße.
Leander bremst hart.
Der Jippi klingt nicht nur wie ein landendes Flugzeug, sondern mindestens wie zwei!
Allmählich krieg ich Angst.
„Shit", knurrt Leander. „Die hinteren Bremsen sind im A..."
„Und was heißt das?" Ich beiße mir auf die Zunge. Gleich geht es grausam steil bergab!
Schon bergauf sind wir mehrmals höllenscharf am Abgrund entlanggestreift, wenn wir ausweichen mussten.

Ich hab die Luft angehalten und nichts gesagt
und es ging auch gut. Bis jetzt.
„Keine Angst, Maylin." Leander klingt gelassen.
„Wir haben eine Motorbremse."
Er holt in der Haarnadelkurve weit aus.
Bis zum linken Straßenrand.
NEIN!!!
In Zeitlupe sehe ich das Motorrad auf uns
zukommen. Es wird – in der nächsten Sekunde –
auf uns fliegen! Ich kneife beide Augen zu.
Jetzt, gleich, sind wir tot!
Der Jippi kreischt schrill, rüttelt, hoppelt
und … steht. Dicht an dicht surren die Biker an
uns vorüber!
Mein Herz hat ausgesetzt. Nun pumpt es eine
Monsterwelle aus Blut in meine Schläfen zurück.
„Knapp", murmelt Leander, den Kopf auf dem
Lenkrad. „Verdammt knapp!"
Ich trau mich erst jetzt, genauer hinzugucken.
Ein Skiparkplatz! Mit Liftstation. Leander hat

links in den leeren Parkplatz gelenkt!
Im allerletzten Moment.
„Du hast perfekt reagiert", stottere ich.

„Beinah wären wir hopsgegangen.
Einfach weg und tot.“
„Glück gehabt.“ Er wischt sich die lockigen Haare aus der Stirn. Schaut mich mit seinen großen graublauen Augen an. „Verdammtes Glück. Der Parkplatz war plötzlich da.
Und ich hab den Lenker herumgerissen und drauf! Wenn ich den Parkplatz nicht gesehen hätte!“
Er lacht, seine Zähne blitzen.
„Aber dieser bescheuerte Parkplatz WAR DA!
Maylin, es ist nichts passiert! Nichts, gar nichts!
Wir sind lebendig und lieben uns!“
Er rutscht zu mir herüber, packt mich an den Schultern, zieht meinen Kopf an seine Brust.
„Hey, ist doch alles gut.“
Aber mir laufen ganze Bäche aus den Augen und es schüttelt mich wie ein Erdbeben.
„Nie, nie schaffen wir es bis unten!“, heule ich.
„Doch, wir schaffen das. Wir schaffen alles!“
Er küsst meine Stirn und die Tränen von den Wangen.

16. Italia

Und er behält Recht. Ohne einen weiteren Zwischenfall erreichen wir unsere nächste Station: den Lago di Como. Ein Bootshafen, ein Parkplatz, ein Kiesstrand und dahinter glitzerndes Blau. Wunderschön!

Mir kleben die Klamotten schon eklig auf der Haut. Hab ja seit Ewigkeiten nicht mehr geduscht.

In null Komma nichts bin ich im Wasser.

Ich leg mich auf den Rücken, strample, tauche, meine nassen Haare treiben wie Seetang neben mir.

„He, Lenni! Los, Junge, komm! Es ist einfach herrlich!“

„Gleich!“

Er winkt mir mit einem Schraubenschlüssel oder Wagenheber oder was auch immer.

Kriecht unter sein Auto und hämmert.

Ich schwimme im unendlich genialen See.

Als ich umkehre, krault Lenni endlich auf mich zu. Taucht wie ein Seelöwe unter mir durch und hinter mir auf. Wirft sich auf den Rücken, prustet eine Fontäne. Wir aalen uns gemeinsam.
„Los, wer zuerst am Ufer ist!“, ruft er.
„Ich hab Huuunger!“
Es ist ein tolles Gefühl, frisch gewaschen in ein sauberes Shirt und Leggins zu schlüpfen.
Ich rubble meine feuchten Haare mit einem Handtuch trocken.
Wir hocken auf dem Steg bei den Pappeln am Bootshafen und betrachten den Sonnenuntergang und das Mückenschwarm-Ballett auf dem See.
Lenni hat Wasser heiß gemacht und jetzt löffeln wir Kartoffelpüree mit Röstzwiebeln aus Pappbechern und trinken Cola (ich) und Dosenbier (Lenni).
Wir haben den Jippi vollgetankt, als wir über der Grenze in Italien waren.
„Diesel ist in der Schweiz unbezahlbar“, hat Leander behauptet. „Aber hier ist es auch schweineteuer.“

Ich hab bezahlt und auch Getränkedosen und Püreebecher gekauft.
„Das Geld ist von sämtlichen Omas, Opas, Onkel und Tanten. Ich hatte doch Konfirmation", hab ich erzählt.
„Echt?" Lenni hat mich abgeknutscht, total happy.
Jetzt sage ich: „Wir suchen morgen eine Werkstatt und lassen die Bremsen reparieren, okay?"
Aber Leander schüttelt sich wie ein nasser Hund.
„Viel zu teuer. Mach dir mal keinen Kopf wegen der Bremsen. Ich reparier die schon."
Er kriecht unters Auto, hämmert und klopft und robbt nach einer Weile wieder hervor.
„Alles im grünen Bereich."
Der Jippi scheint einverstanden, denn er fängt plötzlich fröhlich zu dudeln an. Na gut, es ist nur Leanders Handy im Auto.
Wir lassen es plinkern, bis es aufhört. Mich

sticht natürlich sofort das schlechte Gewissen. Es pocht und lässt sich nicht so leicht abstellen. Weiß der Himmel, wer alles inzwischen

auf meine Mailbox gesprochen hat! Längst wissen meine Eltern, dass ich mit Leander unterwegs bin. Ob mein Brief sie beruhigt hat? So sicher bin ich nicht mehr. Ob sie aus lauter Sorge die Polizei benachrichtigt haben?
Kann die uns orten, auch wenn die Handys ausgeschaltet sind?
Und vor allem, wenn wir einen Unfall bauen?
Ich schlucke.
„Lenni, wenn die Bremsen kaputt sind, ist das supergefährlich!“
„Ach was! Ich hab mir das angeschaut. Alles halb so wild.“
Er trinkt die zweite Bierdose leer.
„Ja, aber …“
„Nix aber!“ Er zerdrückt den Pappbecher und die Dose.
„Hör mal, wir müssen schon ein bisschen sparen, wenn wir in den nächsten fünf Wochen mit unserem Geld auskommen wollen.“
Ich glaube, ich höre nicht recht. „Fünf Wochen? Aber Montag in einer Woche fängt die Schule wieder an!“

„Ja und? Ohne mich!“

Ich beiße mir auf die Unterlippe. „Das meinst du nicht im Ernst.“

Ich bin tierisch geschockt.

„Ich fahr nicht zurück in das doofe Kaff“, grummelt Lenni.

Ich schlucke. „He, und die Kraniche? Ihr habt doch ein Aufstiegsspiel.“

„Scheiß auf den Verein. Ich mach da nicht mehr mit.“

„Ach, das sagst du nur so! Oder hat dich euer Trainer nicht aufgestellt, weil du zu oft beim Training gefehlt hast?“

Ich denke an den Abend vor unserer ersten Nacht, als Leander nach dem Training so miese Laune hatte.

„Hat er nicht. Reservebank“, sagt er.

„He, Lenni, du bist einfach müde von der höllischen Passfahrt.“ Ich schlinge meine Arme um ihn. Besser nichts mehr sagen.

 Im See geht die Sonne unter.

17. Mario und Gina

Diesmal bleibt es nachts richtig warm.
Kein Eis mehr auf den Nasenspitzen.
Dafür parken immer wieder Autos dicht neben uns, lassen furchtbare Alte-Leute-Musik laufen.
„Rentner", murmelt Lenni, zieht sich den Schlafsack über die Ohren und schnarcht.
Aber mich plagen bescheuerte Bauchkrämpfe.
Ich könnte heulen. Jetzt bin ich schlecht drauf.
Was, wenn es ein Blinddarmdurchbruch ist?
Da kann man dran sterben.
Ich sehe mich schon auf einer Trage liegen.
Sanitäter schieben mich in den Rettungswagen.
Im OP wache ich auf, weil die Narkose nicht gewirkt hat. Meine Eltern mit Mundschutz in grüner OP-Kleidung schneiden mir den Bauch auf.
Ich schreie!
„Alles okay, Baby?", murmelt Lenni, bohrt seine

Nase in meine Schulter, wärmt mit seiner Pranke meinen Bauch.
„Hab grässlich geträumt“, flüstere ich und schlafe wieder ein.

Morgens erzähle ich Leander meinen Traum.
„So was Grausames hast du auch mal geträumt, weißt du noch?“
Er grinst. „Kann vorkommen!“
Ich lache. Die Sonne scheint. Wir springen in den See und schwimmen eine Runde.
Einfach genial!
Ich spüle meine gebrauchten Slips aus und sehe es: Blut.
Alles klar! Ich brauche Tampons.
Erst mal reichen Slipeinlage und zwei Papiertaschentücher. Bloß, Leander soll nicht grad zugucken.
Aber der kämpft mit dem Zünder der Gaskartusche.
Ich schlüpfe vorn ins Auto, fummle Taschentücher über die Slipeinlage. Mistbauchkrämpfe.

Auf unserer Bank gibt's inzwischen Kaffee und belegte Käsebrötchen aus Leanders Vorrat.
Total fürsorglich, mein Freund.
Beim Weiterfahren nehmen wir keine Autobahn mehr, weil das zu teuer ist wegen der Mautgebühr. Ich nage an meiner Lippe.
„Wie hast du das gestern gemeint, fünf Wochen?"
„Wie ich's gesagt hab."
„Echt? Das kannst du nicht machen!"
Er schweigt und guckt mich nicht an.
Bestimmt Lenni denn alles? Darf ich nicht mitplanen? Ist die geile Stimmung schon wieder gekippt?
Scheint so. Im Supermarkt findet Leander alles zu teuer. Ich kaufe aber Tampons und außerdem Joghurt und Bananen und Tomaten.
Über Mailand hängen graue Wolken.
Wir rumpeln durchs Großstadtgewühl.
Dann fängt es an zu gießen, ganze Sturzbäche fließen vom Himmel herunter. Die Scheibenwischer kommen überhaupt nicht nach.
Im Regengeprassel höre ich nicht mal mehr die kaputten Bremsen.

Hat Leanders Reparatur doch geklappt?
Leander flucht. Ich hab keine Ahnung, wohin
wir überhaupt fahren.
Als es endlich aufklart, sehe ich:
hügelige Landschaft, Weinberge in der Ferne,
darüber graublauer Himmel. Mein Bauch tut
weh.
Kopfschmerzen hab ich auch. Der Jippi
rumpelt und quietscht immer schlimmer.

Es ist später Nachmittag.
Wir sind endlich in den Hügeln mit den Wein-
reben. Traktoren rattern vor uns her,
die Anhänger rappelvoll blauer Trauben.
Am Dorfrand finden wir einen leeren Parkplatz.
Daneben eine Winzergenossenschaft mit riesigen
Stahlbehältern für Wein. Ich kann kaum noch
sitzen. Muss unbedingt raus. Aber hier gibt's
nicht mal ein Gebüsch!

Leander wirft den Gasbrenner an,
das Wasser im Kanister reicht noch für
ein Päckchen Spargelcremesuppe.

Während Leander im Topf rührt, suche ich
in den Weingärten ein einigermaßen geschütztes
Plätzchen. Wie eine Katze buddle ich die Natur-
toilette zu. Blöd, das alles, megapeinlich.

Dann hocken wir auf dem Mäuerchen,
das den Parkplatz begrenzt, und löffeln die
salzige Pampe aus dem Topf. Ich hab wieder
Bauchkrämpfe. Und teuflisch schlechte Laune.
Da knattert ein Mofa die Dorfstraße entlang.
Ein Junge und ein Mädchen mit rabenschwarzer
Mähne.
Beide ohne Helm.
Die haben mir gerade noch gefehlt. Sie biegen
in unseren Parkplatz ein. Sie umrunden den
Jippi.
„He, Leute!“, ruft der Junge, bremst ab und
grinst.
„Hallo, Deutschland!“ Das Mädchen schüttelt
die Mähne aus dem Gesicht. Es hat volle Lippen,
trägt knallenge Jeans und ein hautenges Lang-
armshirt, das überm Busen spannt.
Lenni hält die Luft an.

„Gina.“ Sie streckt mir die Hand hin. Ihre Augen funkeln. „Und das ist mein Bruder Mario. Wir sind aus Ulm, machen Ferien bei Oma.“

Sie zieht die Augenbrauen hoch und die Mundwinkel spöttisch nach unten.

„Wir sind aus einem Kaff am Neckar“, sage ich schnell. „Ich bin Maylin und …“

„Ich bin Leander, ihr großer Bruder“, fällt mir Lenni grinsend ins Wort.

Wie bitte? Da schluck ich aber.

„Und was hat euch in dieses Nest verschlagen?“ Gina hockt sich neben mich.

„Zufall“, behauptet Leander. „Einfach *on the road*.“

„Nee, kaputte Bremsen!“, widerspreche ich. Dass er mich als seine Schwester vorgestellt hat, ärgert mich total. „Kennt ihr hier eine Autowerkstatt?“

„Ach, hör auf damit, May!“ Leander tut großbrüderlich. „Die Trommeln hinten laufen nicht mehr ganz rund. Aber das passt schon.“

„Passt überhaupt nicht!“ Ich sehe Gina Hilfe suchend an.

Ihr schweigsamer Bruder macht endlich den Mund auf. „Giuseppe hat immer Schrottautos aufm Hof. Steig mal auf."
„Giuseppe ist unser Cousin. Hier hockt die ganze Sippe", erklärt Gina und verzieht wieder so spöttisch ihre Lippen.
Die Jungs knattern davon.
„Schlaft ihr dadrin?"
Sie begutachtet unser kuscheliges Nest.
Sie äugt auch in den Suppentopf.
Graue Schlieren von kalter Spargelpampe lagern auf dem Grund. Zu Hause würde ich so was zum Speien finden.
„Brüder!" Gina lacht. „Mit denen ist nicht gut Kirschen klauen."
Ich denke an die verbotenen Kirschenküsse und würge an meiner Enttäuschung.
Wie kann Leander mich als kleine Schwester ausgeben?
„Ich bin überhaupt nicht seine Schwester", platze ich heraus. „Der sagt das nur, weil ich erst dreizehn bin."
Ginas schwarze Augen kullern fast heraus.

„O – ber – geil“, sagt sie. „Und deine Eltern haben dir nicht erlaubt, mit ihm einfach so …“
Ich schüttle den Kopf.
„Wow, heftig. Du bist voll verknallt in den?“
Tränen, bescheuerte Tränen drücken hinter meinen Augen. Ich blinzle sie weg, aber es hilft nicht, sie laufen schon.
Gina legt den Arm um mich. „He, he, ich hätte dich auf fünfzehn geschätzt, falls dich das tröstet.“
Ich muss noch mehr heulen. Gina fummelt ein Taschentuch aus ihrer Jeans und reicht es mir. Sie ist so lieb. Sie ist wie Pia. Und da muss ich erst recht schluchzen und schniefen, weil Pia mich vielleicht gar nicht mehr mag. Ich hab ihr nicht mal Tschüss gesagt.
Und ich hab solche Sehnsucht nach ihrer rauen Stimme und überhaupt …

18. Gesucht

„Und warum hast du behauptet, ich wäre deine Schwester?“
„Hab ich das?“ Leander grinst vor sich hin. Pfeift die Melodie mit, die aus den Lautsprecherboxen dröhnt. Er ist total gut drauf. Für praktisch nix haben Mario und er Bremstrommeln aus einem Fiat mit Totalschaden aus- und in den Jippi eingebaut.
Ich durfte unterdessen bei Gina duschen und ihre Mama hat mir superleckere Spaghetti gekocht.
Verraten hat Gina mich nicht.
Aber ich soll unbedingt meine Eltern anrufen, hat sie mir eingeschärft.
„Wenn Leander nicht mitmacht, steig in den nächsten Zug. Deine Eltern können ihn anzeigen, wenn ihr euch nicht meldet. Dann kriegt er mächtig Ärger.“
Ich glaub nicht, dass meine Eltern Leander

anzeigen würden. Ich kenn sie doch. Die machen
sich vielleicht Sorgen, die tun streng,
meckern rum. Aber mehr auch nicht.
Und bald bin ich ja vierzehn.
Aber ich bin sauer auf Leander, weil er mich als
Schwester ausgegeben hat. Und er kapiert nicht
mal, wie gemein das ist!
Wir brettern schon den Passo del Cerreto hoch.
Erst durch viele Tunnel, dann geht es in Haar-
nadelkurven weiter.
Beim Restaurant auf der Passhöhe halten wir an
und steigen aus. Wind zerrt an den Fahnen und
an meinen Haaren.
Ein Typ in Anzug mit Schlips (wie mein Pa,
wenn er zur Arbeit fährt) guckt neugierig
unser Nummernschild an.
„*Signore*“, sagt er zu Leander. „Sie werden
gesucht!“
Mir fährt der Schrecken in die Glieder.
Jetzt ist es passiert!

Leander reagiert cool. „Das kann nicht sein.“
Aber der Typ, der etwas Deutsch spricht,
wiederholt: „In Radio habe ich gehört

Autonummer. *Parenti* suchen *ragazzo* und kleine *ragazza*. Du musst rufen zu Hause an, *oggi stesso*.“ Er lächelt. Macht mit den Fingern das Zeichen für Telefonieren. Winkt zum Abschied. „*Ciao!*“

„Oh, *mille grazie*, danke vielmals“, ruft Leander ihm nach. Rasch steigen wir ein.

Ohne Schleifgekreische rollen wir abwärts.

Alles könnte so schön sein. Meine Bauchkrämpfe sind auch weg. Aber wenn ich nur an mein Handy denke, wird mir schlecht.

Leander schweigt. Er grinst nicht mehr still vor sich hin. Unsere Stimmung sackt in den Keller.

Hinter fast jeder Kehre ist ein super Rastplatz mit Aussicht, Schutzhütte und Bänken. Ideal zum Übernachten. Doch es ist erst Mittag.

So früh am Tag hält es Leander nicht lange auf einem Rastplatz aus.

In einem öden Ort namens Fivizzano warten Schüler auf den Bus, der sie nach Hause bringt.

Mir kommen schon wieder die Tränen.

Nach einem langen Schultag mit Pia zusammen heimradeln!

Bei ihr oder bei mir zu Mittag essen, was die Mütter für uns vorbereitet haben.
Ich kann den Duft von Kräuterkartoffeln und Ofengemüse bis hierher riechen.
Gina hat Recht. Und der fremde Italiener auch.
Wir müssen uns bei unseren Eltern melden.
„Halt mal an, Lenni, bitte“, sage ich.
„Wir sollten wenigstens nachschauen,
was auf unseren Mailboxen gesprochen ist.“
„Lass es, Maylin, BITTE“, sagt er grimmig.
„Solange wir uns nicht melden und die Handys ausgeschaltet sind, kann nichts passieren und wir haben Spaß!“
Er biegt in eine schmale weiße Straße ab,
die in scharfen Kurven durch Pinienwälder führt.
Kein Auto weit und breit, keine Menschenseele.
„Wollten wir nicht ans Meer, nach Pisa?“
Ich bin ganz schön genervt.
„Klar“, sagt Leander ungerührt.

„Und warum sind wir in Fivizzdings nicht Richtung Pisa gefahren?“ Meine Stimme klingt reichlich kratzig.

„Weil das hier die Abkürzung ist."
Ich mache den Mund auf, will noch mehr meckern.
Doch dann kommen wir aus dem Pinienwald.
Ein weites Tal liegt vor uns und gegenüber Schnee auf riesigen blauen Bergrücken.
„Kein Schnee", behauptet Lenni. „Das sind die Marmorbrüche von Carrara. Dahinter ist das Meer."
Er hält an und kramt sein Fernglas raus. „Guck genau hin, Baby, die arbeiten. Bauen mit Kränen und Baggern den Marmor ab."
Weiter geht's, wieder durch Pinienwald, über Brücken und endlose Kurven. Graurosa Bergdörfer mit fremden Namen: Spicciano, Terenzano, Reusa, Casola, Castiglioncello, Metra.
Das Meer? Nix da. Der nächste Pass!
Mein Magen knurrt, in den Kurven schleudert's mich hin und her. Leander fährt, als wollte er ein Rumpelcar-Rennen gewinnen.
Hinter einem geschlossenen Skihotel halten wir endlich, auf einem brandneuen Parkplatz.
Die Bänke sind aus Marmor. Ich finde einen

Wasserschlauch, aus dem tatsächlich frisches Wasser zum Waschen rinnt.
Fünf-Sterne-Übernachtung! In totaler Einsamkeit.
Ich krieg Sehnsucht nach Pia und meinen Eltern und, ja, wären wir doch wenigstens bei Mario und Gina!
Soll ich mein Handy einschalten?
Lenni stellt gerade Teelichter auf die Marmorbank. Mit dem letzten Gas aus der Kartusche wärmt er etwas vom Trinkwasser,
das wir bei Gina und Mario abgefüllt haben.
Er breitet ein Picknick aus: Weißbrot, Oliven und Käse. Dazu heißen Kräutertee mit Honig.
„Na, kleine May, gefällt es dir?“
Was soll ich sagen? Dass ich es mit ihm allein nicht mehr ganz, ganz so prickelnd finde?
Aber dann kuscheln wir doch unterm Sternenhimmel.

19. Livorno

„Hier? Lenni, das ist doch voll die Müllkippe!“
Dabei sind wir endlich am Meer.
Es ist warm. Sommer pur.
Und es stinkt nach Teer, Öl und Fisch.
Baden kann man hier nicht. Wir sind im Hafengebiet von Livorno.
Leander hat an einer Brücke geparkt.
Gleich dahinter führt ein staubiger Holperweg am Kanalufer entlang.
Das Wasser im Kanal fließt glitzernd ins Meer.
Aber im Schilf gammeln alte Matratzen, rostige Töpfe, zermatschte Melonen, Plastiktüten und es mieft, als hätten hundert Fischer hierhin gekotzt.
„Ich will endlich an einen richtigen Strand, Lenni!“ Es geht einfach nicht mehr, ich bin richtig mies drauf. „Der Platz ist zum Kotzen!“
Lenni schnaubt ärgerlich. Ihm macht der Dreck nichts aus. Er will Schiffe gucken.

„ICH bleib hier nicht!“ Ich funkle ihn an.
Drehe dem sturen Wollschaf den Rücken zu und laufe davon. Zur Straße. Am liebsten würde ich laut schreien vor Wut! Und weit weglaufen!
Aber wo soll ich hin? Ich könnte auf einem Schiff als Küchenhilfe anheuern.
Wenn ich kochen könnte.
Erst mal über die Straße. Dorthin, wo ich die Zirkuszelte und Wohnwagen gesehen habe.
Vielleicht kann ich als Ballerina arbeiten?
Pia und ich hatten lange Ballettunterricht.
Oder als Elefanten-Pflegerin. Elefanten sind eh meine Lieblingstiere.
Pkws, Motorroller, Lieferwagen, Lastwagen rattern pausenlos an mir vorüber, dass ich gar nicht über die Straße komme. Ich bin nicht lebensmüde. Bin nur sauer auf Lenni.
Soll er doch auf dieser Müllhalde verschimmeln!
Huch, da hält der Jippi neben mir.
„Komm, Süße, steig ein!“ Lenni greift durchs offene Fenster nach mir.
Ich strecke ihm die Zunge raus.
Ha, eine Lücke in der Autoschlange!

Hechtsprung hinüber und auf den Trampelpfad, der am Zirkus vorbei zum Strand führt.
Ich laufe, ich renne. Bin endlich am Wasser.
Igitt! Das ist kein Strand. Teerklumpen kleben an meinen Sandalen. Bohnenschalen und Möhrenreste dümpeln in den Wellen. Da kippen wohl die Schiffsköche ihren Abfall ins Meer.
Das ist ja höllenschrecklich hier!

Leander holt mich ein.
„Tut mir leid, Kleine“, sagt er brüderlich.
„Na komm schon. Wir starten in die Karibik und finden deinen Traumstrand!“
Er guckt so süß. Da muss ich lachen.

Traumstrand? Immerhin viel hellgelber Sand.
Wir stehen auf einem Parkplatz. Es gibt nur ein paar andere Autos, einen Campingbus voll Krabbelkinder und jungen Eltern und ein Luxus-Wohnmobil, aus dem ein Rentnerehepaar wackelt.
Wenigstens kein Dreck.

„Okay, Lenni! Wer zuerst im Wasser ist!“
Da tauchen aus dem Nichts zwei Typen
in blaugrauen Uniformen auf. Ein Mann und
eine Frau. Mittelalt und gefährlich ernst.
Polizei?
Suchen sie uns?
Sie steuern direkt auf uns zu. Vor Schreck bringe
ich kein Wort heraus. Bitte, lieber Gott,
nicht die nächste Katastrophe!
Die Uniformierten bleiben vor uns stehen.
Zücken Blöcke mit Parkscheinen.
Da kapiere ich: Das sind bloß Parkplatzwächter,
keine Polizei!
Eine Stunde parken kostet acht Euro.
Jetzt bleibt Lenni der Mund offen stehen.
Ich opfere schnell einen Schein aus meinen
Vorräten.
Und dann stürzen wir uns ins türkisblaue Meer.

Obwohl er so teuer ist, dürfen wir nicht einmal

auf dem Parkplatz übernachten. Nur bis Mitternacht geöffnet, steht auf allen Schildern. Mitternacht nützt uns nichts.

„Diese Geier!“, flucht Leander.
Jajaja, soll er fluchen. Ich bin total frisch und salzig und mutig! Lenni kann so feige sein, wie er will. Ich will es wissen. Jetzt oder nie.
Ich hocke mich in den Schatten neben den Jippi und schalte mein Smartphone ein.

20. Galileo Galilei

Kind, bitte melde dich! Wir machen uns große Sorgen! (Mami und Papi fünfmal, plus komplette Mailbox vollgelabert.)
Maylin, hier drehen alle komplett durch. Wo steckt ihr denn? Deine Eltern wollen Mister W. verklagen. Kindeshinterziehung ist strafbar. Das Kind bist du!
Pia fünfmal, gesteigert zu: *Elternkonferenz Bachmann/Hauswald!!! Die meinen es ernst! Macht euch SOFORT auf den Heimweg!*

„Was ist denn noch, Maylin? Los, steig ein, wir müssen einen Schlafplatz finden!"
„Müssen wir nicht, Lenni!" Meine Stimme klingt schon wieder tierisch rau und kratzig. Ich möchte mich fürchterlich mit Lenni streiten. Ihn anbrüllen. Ihn packen und treten, wie Klärchen es mit ihrem Gipsfuß gemacht hat.

Aber ich kann das nicht. Ich schlucke Angst und Ärger runter, halte ihm nur das Display unter die Nase.
„Wir müssen sofort nach Hause fahren, da, lies selbst!“, sage ich so ruhig wie möglich.
Er überfliegt die Nachrichten.
„Ja, und? Ich wollte dich gar nicht mitnehmen. Schalt das Ding aus und vergiss es einfach.“
In mir brodelt ein Vulkan.
„Vergessen? Bist du noch ganz dicht?“, explodiere ich. „Du kriegst eine Anzeige, wenn du mich nicht ganz schnell nach Hause bringst. Los, bring mich heim!“
Ich schwinge mich neben ihn. Er startet, bevor ich die Beifahrertür schließen kann, und heizt den Jippi über den festgebackten Sand. Hinter uns wirbelt ein Sandsturm. Treibt uns in ferne, wutglühende Galaxien.
Verbissen schweigend steuert Lenni das Auto.
Ich kaue an meiner Wut, schreibe eine SMS, dass wir gar nicht so schnell zurück sein können. Dass es mir gut geht. Dass Lenni nichts dafür kann. Dass sie sich beruhigen sollen.

Aber das tun sie nicht. Sie wollen wissen, wo genau wir sind.

Ich schreibe *PISA*. Dann schalte ich das Smartphone aus.

Unsere Stimmung ist auf Minustemperatur gesunken.

Wir rumpeln über eine Strandpromenade.

Stop and go, überall wimmelt es von Familien mit kleinen Kindern.

Und plötzlich, vor einer Hotelruine mit zerbrochenen Fenstern, endet die Straße an Betonpollern. Dahinter geht nur ein Fußweg weiter.

Zurück? Nein.

Schwungvolle Landung in einer Parklücke! Vor uns baden italienische Familien am steinigen Strand. Das Meer wirft kleine Glitzerwellen.

Nicht mal das Parken kostet was. Null! Nada! Nichts.

Zwei freundliche Schwarzhäutige in bunten Gewändern schleppen Strohtaschen über die Steine. Aus den Taschen wehen Tücher, baumelt Schmuck.

Ein Eisverkäufer beschallt den Strand.
Ich kaufe Waffeltüten mit Eisbällchen für mich und Lenni.

Wir hocken auf zwei Betonklötzen. Schlecken. Sind wieder friedlich. Unter unseren Füßen murmeln die Steine.
„Wie lange brauchen wir bis nach Hause?", frage ich vorsichtig.
Leander schüttelt den Kopf. „Ich fahr nicht zurück. Das hab ich doch gesagt! Ich will die italienische Riviera entlang bis Nizza, dann in Frankreich weiter."
Mir fällt die Eistüte fast aus der Hand.
„Das glaub ich jetzt nicht!" Der Vulkan in mir kocht endgültig über. „Aber ICH will nach Hause. Und wie soll ich allein nach Hause kommen?", kreische ich. Packe ihn an den Schultern.
Schüttle ihn. „Du hättest mir gleich sagen müssen, dass du viele Wochen bleiben willst."
„Das hab ich gesagt. Aber du hast es mir nicht geglaubt."

„Hab ich auch nicht. Du musst doch auch heim. Die Schule geht wieder los! Kapierst du denn nicht?“

Er fasst meine Handgelenke und hält sie fest.

„Hör auf zu schreien! Ich wollte dich gar nicht mitnehmen. Du bist einfach mitgekommen. Du bist ja total hysterisch!“

Ich reiße mich los, stolpere über die Steine.

Wühle in meinem Umhängesack.

Smartphone, na, los, wo bist du? Ah, hier.

Pias Handynummer.

Sie meldet sich sofort.

„May! Endlich! Seid ihr zurück?“

Ihre liebe, süße, raue Stimme. In mir braut sich ein Tränen-Wolkenbruch zusammen.

„Was? Immer noch in Italien? Pisa? Okay. Deine Eltern wollen einen Flug für dich buchen. He, das wird schon wieder. Die sind alle nur sauer auf Leander. Seine Eltern drehen total am Rad. Der Typ ist verrückt! May? Hörst du mich?“

Ich drücke ihre Stimme weg.

Pia! Was versteht sie schon von Liebe?
Auf dem Display erscheint eine Nachricht:
Marie-Helene, du nimmst den Flieger ab Pisa nach Stuttgart. Morgen 10.30 von Galileo Galilei aus.
Wir haben den Flug für dich gebucht.
Keine Ausreden. Es ist ernst!
Mama und Papa.
Okay. Ich schlucke alle Tränen hinunter und schreibe eine Antwort. Ich bin nicht hysterisch.
Leander schließt den Jippi auf. „Tut mir leid, Maylin“, murmelt er.
Ich schaue ihm direkt in die Augen. „Ich flieg morgen von Pisa aus heim. Ich will nicht, dass du noch mehr Ärger kriegst. Bringst du mich zum Flughafen?“

21. Fliegen und Abstürzen

Wolken wie aus Watte unter mir. Innerlich bin ich voller Tränen. Es ist zu Ende.

Leander hat mich vor dem Flughafen abgesetzt.

Abgeladen. Ausgeladen wie ein Gepäckstück.

Kein Küsschen rechts und links.

„Tschau, mach's gut!"

Weg war er. Ich hab meinen Rucksack
zum Schalter geschleppt, an dem mein Ticket bereitlag.

„Ich flieg nur deinetwegen, Lenni!" Ich hab es ihm hundertmal gesagt. Aber er hat sich nur stumm von mir weggedreht. Ich kenn keinen Menschen, der so verbockt schweigen kann.

Der Flieger brummt gleichmäßig wie Papas Pkw auf der Autobahn.

Seine Straße sind die Wolken. Durch sie stürze ich ab. Lenni hat mich aus seinem Leben geschmissen. Ich stürze ohne Fallschirm.

Wenn ich unten ankomme, bin ich tot.

Sie winken, sie lachen, sie rufen meinen Namen. Ich falle in ihre Arme. Gelandet. Hallo, Mami, hallo, Papi! Ich denke es nur. Sprechen kann ich nicht vor lauter Schluchzen.
Dass sie so froh sind! Nur weil ich wieder bei ihnen bin!

„Du machst Sachen!“ Pia fällt mir um den Hals. „Was meinst du, was hier los war? Du hast ja keine Ahnung!“
Doch, hab ich. Aber ich kann nicht darüber reden. In meinen Ohren dröhnen die Stimmen meiner besorgten Eltern. Ihre langen Sätze, die vielen Wörter, hundert Millionen Fragen.
Ich sehne mich nur nach Lenni. Wir hatten einen gemeinsamen Traum. Oder nicht? Wir hatten einander doch einfach nur lieb!
Leanders Handy ist ausgeschaltet.
Ich kann ihn nicht mehr erreichen.

Die in meiner Klasse gucken mich an, als hätten sie mich noch nie gesehen.

Sie sagen: „Hi, Maylin." Dann grinsen sie verkrampft, drehen sich weg und reden über mich. Ich stummer Fisch krieg keine Luft. Fische atmen durch Kiemen. Sie brauchen Wasser. Meerwasser. Glitzerndes, blaues, weites Meer. Ich sehe es tief unter mir schimmern. Doch ich kann nicht eintauchen und schwimmen und atmen.

Bei den Fahrrädern wird nie wieder Leanders Roller stehen. Nie wieder wird Leander seinen Helm abnehmen und die hellen Locken schütteln. Es gibt für mich kein Wollschaf mehr.

22. Liebe

Warum mache ich das? Es ist Mittwoch,
der dritte Schultag. Und blauer Spätsommer.
Nach der Schule hab ich Pia Tschüss gesagt
und ein klein bisschen gelogen und jetzt
radle ich durch den Wald.
Eigentlich muss ich nachmittags bei Pia sein.
Damit meine Eltern beruhigt sind.
Pia hat mich gleich skeptisch angeguckt.
Sie hat mir nicht geglaubt. Sie muss mich
bewachen, auf mich aufpassen.
Heute aber ertrag ich nicht einmal Pia. Ich will
zu Leander. Gucken, ob der Jippi im Hof steht.
Auch wenn Leander mich hasst. Ich will wissen,
ob er zurückgekommen ist. Ich hab so ein
Gefühl.
Vielleicht stimmt es ja.

Der Bus, mit dem Klärchen vom Kindergarten gebracht wird, parkt in der Einfahrt. Sie hüpft aus dem Bus, ihre pinkfarbene Umhängetasche schwingt hin und her. Ihre Locken wehen.
Sie entdeckt mich sofort und läuft auf mich zu und springt an mir hoch wie ein Hündchen.
Sie jubelt und lacht und plappert drauflos.
Ich lehne rasch das Rad an den Schuppen.
Auch Leanders Oma winkt mir zu. Sie will Klärchen an der Hand nehmen. Aber Klärchen tobt wie ein Kobold.
„Ich muss erst der Maylin erzählen, was wir alles gespielt haben. Ich war nämlich heute das weiße Kaninchen bei Häschen in der Grube."
„Sie hat dich sehr vermisst!", sagt ihre Oma.
Warum mache ich das nur? Ich beuge mich über Klärchen. Ich drücke und streichle sie.
Endlich jemand, der mich einfach nur gernhat.
Wir springen alle beide wie bescheuert im Hof herum.

Als ich nach Hause fahre, radelt mir Pia entgegen.
„Wo warst du denn? Ich hab mir Sorgen gemacht!"
„Brauchst du nicht, Pia. Mir geht's gut. Ich hab mit Leanders kleiner Schwester gespielt."
„Echt?"
„Ja, ich hab sie total lieb."
Ich radle auch am Donnerstag durch die Felder und den Wald zu Klärchen. Und am Freitag.
Ich weiß überhaupt nicht, was Lenni gegen seine Schwester hat. Sie ist niedlich und wild und gar nicht verwöhnt.
Wenn sie aus dem Bus hüpft, laufen wir noch ein wenig die Dorfstraße entlang. Wir biegen bei der Linde in den Wiesenweg. Dann rennen wir um die Wette.
Auf dem Rückweg singen wir: Weißt du, wie viel Sternlein steh-he-hen ...
Klärchen hat dieses Lied grad neu gelernt.

Am Sonntag werde ich VIERZEHN.
Dann bin ich kein Kind mehr, sondern

eine JUGENDLICHE. Dann darf ich küssen, wen ich will.

Aber Lenni ist nicht da.

Mami und Papi fragen, ob ich Freunde einladen und eine Party machen will wie sonst auch.

Aber ich will nicht. Ich radle lieber zu Klärchen.

Als ich durch das Tor komme, bleibt mein Herz stehen. Der Jippi steht im Hof. Träume ich?

Ein blond gelockter, braun gebrannter Leander schleppt soeben seine Schwester huckepack aus dem neuen Haus.

Leander erstarrt. Klärchen jubelt.

Ich lasse mein Rad fallen.

Ich stürze auf beide zu.

„Hab's nicht lange ausgehalten ohne dich", knurrt Lenni. Er setzt Klärchen ab und nimmt mich fest in seine Arme.

Klärchen drängelt sich natürlich zwischen uns.

„So ist die immer, diese höllische kleine Krabbe. Nie hat man Ruhe vor ihr!"

Leander stemmt seine Schwester hoch, bis sie zappelt und kreischt, dass sie runter will.

Abends gibt's eine Überraschungsparty bei uns im Garten. Papi hat Lampions aufgehängt und Mami hat den Tisch auf der Terrasse gedeckt. Pia und ihre Eltern haben mitgeholfen. Pias Papa bewacht den Grill. Es duftet nach Kräutern und gegrillten Paprika und Soja-Würstchen. (Hab ich erzählt, dass Pia und ich schon lange keine toten Tiere mehr essen? Leider können wir unsere Eltern nicht davon abhalten, aber wir arbeiten dran.)
Unsere alte Clique, Lucy, Eva, und Anne aus unserer Klasse, begrüßen mich strahlend. Dann rattert der Jippi vors Haus und Leander kommt mit seiner kleinen Schwester.
Erst ist Klärchen etwas bange. Aber ich mach ein paar Faxen mit ihr, bis sie lacht. Sie darf auch Kaninchen Mucki auf den Schoß nehmen und mit einer Möhre füttern.
Birger und Paul, die zwei nettesten Jungs von den Kranichen, tauchen auf.
Noch eine Stunde.
Dann bin ich vierzehn!
Genau um 21 Uhr lässt Papa Raketen steigen.

Pia bringt einen selbst gebackenen Kuchen mit vierzehn Kerzen.
Klärchen klatscht in die Hände und fängt an:
„Wie schön, dass du geboren bist, wir hätten dich sonst sehr vermisst …“
Da singen alle mit ihr.
Lenni nimmt mich in die Arme und ich darf ihn endlich küssen. Aus dem Himmel fallen rote, grüne und goldene Sternensträuße.

LESEPROBE

„Fiese Ferien"
von Jochen Till
ISBN 978-3-473-53406-8

„Tobias, kommst du?"
Das hört sich ja fast so an, als hätte ich eine Wahl. Was, wenn ich Nein sage? Darf ich dann hierbleiben? Wohl kaum. Das habe ich schließlich bereits die letzten zwei Wochen lang versucht. Vergeblich versucht. Gebettelt habe ich, geschrien habe ich, geflucht habe ich, nichts hat geholfen.
Ich muss mit. Nach Ischgl.
Da ist der Name ja schon bescheuert. Ischgl. Wer nennt denn sein Dorf bitte schön Ischgl? Ischgl.
Ein ganzes Wochenende. Zum Skifahren. Oder Snowboard, wenn mir das lieber ist.

Ich habe quasi die Wahl zwischen Pest
und Cholera. Vielen Dank auch, sehr gnädig.
Ich hasse Schnee, verdammt noch mal!
Das Zeug ist kalt und nass und saugefährlich.
Jawohl, gefährlich! Entweder wird man
von einer blöden Lawine zermatscht
oder man bricht sich irgendwas.
Ein Bein, zum Beispiel. Und genau das ist
doch der Punkt: Ich bin Fußballer, verdammt!
Was, wenn ich mir in diesem blöden Ischgl
ein Bein breche? Dann ist die Saison für mich
gelaufen und das Landesauswahl-Trainingscamp
an Ostern auch.
Und das soll ich aufs Spiel setzen?
Nur weil mein dämlicher Vater es für eine tolle
Idee hält, mit mir und seiner blöden Schnalle
für ein langes Wochenende nach Ischgl zu
fahren, um einen auf Familie zu machen?
Wobei, das war bestimmt ihre Idee, hundertpro.
Von allein wäre mein Vater nie darauf
gekommen, Ski fahren zu gehen.
Bevor er diese blöde Kuh kennengelernt hat,
bestand seine einzige sportliche Tätigkeit

nämlich darin, mir beim Fußballspielen zuzugucken.
Und jetzt? Jetzt geht er joggen, spielt einmal die Woche Badminton und entdeckt urplötzlich seine Leidenschaft fürs Skifahren.
Das ist doch nicht normal. Aber eins ist mal klar: Wenn ich mir auch nur den kleinen Finger breche in diesem Scheiß-Ischgl, dann ist aber was los! Dann ziehe ich sofort ins nächste Fußballinternat und die sehen mich in Zukunft nur noch Samstagabend in der Sportschau! Hoffentlich.
„Tobias! Kommst du jetzt endlich?
Wir müssen los!"
Wenn wenigstens Caro mitfahren würde.
Aber das geht ja leider nicht.
Caro ist meine Freundin, seit letztem Sommer.
Wir haben uns im Ferienlager kennengelernt.
Ja, ich weiß, das hört sich total öde an, Ferienlager. Dachte ich auch zuerst, aber dann war es echt klasse.
Caro. Mein erster Kuss. Und zum Glück nicht mein letzter. Caro ist das hübscheste Mädchen

der Welt. Und nicht nur das, sie ist auch total in Ordnung. Und sie spielt Fußball! So richtig, im Verein! Und gar nicht mal schlecht.
Das einzige Problem ist, dass wir uns so selten sehen. Sie wohnt nämlich über hundert Kilometer weit weg.
Zum Glück sind ihre Eltern ganz cool und haben nichts dagegen, dass wir zusammen sind und ich sie manchmal am Wochenende besuche. Sie war auch schon ein paarmal hier, aber insgesamt sehen wir uns echt viel zu selten.
Umso schöner wäre es gewesen, wenn sie hätte mitkommen können. Aber leider wird ihre Oma ausgerechnet morgen sechzig und da muss sie natürlich hin. Verdammter Mist aber auch!
Mit Caro wäre es bestimmt lustig geworden in diesem blöden Ischgl.
„Tobias! Ich sag's nicht noch mal! Komm jetzt, bitte!“
„Ich komm ja schon!“
Sobald ich meinen iPod gefunden habe.
Die können mich vielleicht gegen meinen Willen in ein verschneites Kaff namens Ischgl

verschleppen, aber die können mich nicht dazu zwingen, ihnen auf der Fahrt dorthin bei ihren dämlichen Gesprächen zuzuhören. Verflixt, wo ist denn das blöde Ding?

„Tobias!“

„Ja-ha! Ich kom-me!“

Ich stopfe den iPod in meinen Rucksack und trotte langsam die Treppe hinunter. Mein Vater steht bereits in der Tür.

„Na endlich! Los, zack, zack! Ich hab keine Lust, stundenlang im Stau zu stehen, nur weil mein Herr Sohnemann mal wieder nicht in die Gänge kommt!“

„Es ist halb sechs Uhr morgens“, brumme ich ihn an. „Da kommt kein normaler Mensch in die Gänge.“

„Dann hättest du eben früher ins Bett gehen müssen. Du wusstest schließlich ganz genau, dass wir so früh losfahren.“

„Sorry, ich konnte nicht einschlafen“, sage ich mit gequältem Grinsen. „Muss die Vorfreude gewesen sein.“

„Deinen Sarkasmus kannst du dir sparen.“

Er schiebt mich aus der Tür und beugt sich an mein Ohr.
„Und du bist gefälligst nett zu Tamara. Haben wir uns verstanden?“
„Ich soll ***nett*** zu ihr sein?“, flüstere ich zurück. „Bist du dir sicher?“
„Natürlich bin ich mir sicher!“, zischt er in mein Ohr. „Wieso sollte ich mir denn da nicht sicher sein? Oder heißt nett in eurer Sprache plötzlich etwas anderes?“
„In unserer Sprache?“
„Na, du weißt schon, Jugendsprache, meine ich.“
„Wir sprechen Deutsch, Papa. Die Sprache unserer Väter. Sonst bräuchten wir nämlich jetzt gerade einen Dolmetscher.“
„Na, dann kannst du ja auch auf gut Deutsch nett zu Tamara sein, oder?“
„Nett ist der kleine Bruder von Scheiße.“
„Wie bitte?“
„Nett ist der kleine Bruder von Scheiße. Noch nie gehört den Spruch? Da steckt viel Wahrheit drin. Denk mal drüber nach.“

„Denk du lieber mal drüber nach, was passiert, wenn du nicht nett zu Tamara bist. Und zwar nett im Sinne von freundlich, liebenswürdig und zuvorkommend. Dann bin ich vielleicht demnächst mal nicht so nett zu dir. Zum Beispiel, wenn du Ostern in dieses Trainingscamp willst."

Mist, das hat gesessen. Wirklich zu blöd, dass Eltern im Endeffekt immer am längeren Hebel sitzen. Da bleibt mir wohl nichts anderes übrig, als nett zu dieser blöden Kuh zu sein. Scheißnett.

Mein Vater schließt die Haustür zweimal ab und wir gehen zusammen die Einfahrt hinunter. Da steht sie. Tamara. Die Frau, zu der ich nett sein muss. Was heißt hier Frau? Sie ist ja gerade mal sechs Jahre älter als ich. Echt jetzt.

Sie ist einundzwanzig! Das muss man sich mal reinziehen. Mein Vater ist zweiundvierzig, also genau doppelt so alt! Und das sieht man auch. Er hat kaum noch Haare auf dem Kopf, dafür aber eine Menge im Gesicht, und er schiebt eine ganz schöne Wampe vor sich her.

Okay, zugegeben, die Wampe ist durch das
Joggen schon etwas kleiner geworden, aber
trotzdem: Er sieht aus wie ein alter Sack!
Und sie sieht aus wie … wie Heidi Klum.
Die junge Heidi Klum. Echt jetzt, ohne Scheiß.
Genau so sieht sie aus.
Wie ein verdammtes Unterwäschemodel.
Ja, ich weiß, ich hab sie nicht mehr alle.
Da hüpft tagtäglich ein supersexy
Unterwäschemodel vor mir herum
und ich beschwere mich auch noch darüber.
Aber wer einmal gesehen hat, wie sein eigener
steinalter Vater noch vor dem Frühstück
an so einem Unterwäschemodel herumknabbert,
wird mich verstehen. Da vergeht einem echt
der Appetit.
Klar, wenn sie nicht ausgerechnet die Freundin
meines Vaters wäre und ich sie in einem
Unterwäschekatalog sehen würde, wäre das
etwas völlig anderes. Dann fände ich sie mit
Sicherheit genauso geil wie all meine Freunde,
die mich in letzter Zeit erstaunlich oft
besuchen kommen. Carsten, zum Beispiel.

Der hatte noch nie so große Probleme in Mathe
wie in den vergangenen Monaten. Und wer
durfte ihm ständig Nachhilfe geben?
Sein plötzlich allerbester Freund
mit dem sexy Model im Haus, natürlich.
Oder Markus, der mir plötzlich alle CDs,
die ich ihm über die letzten zwei Jahre
geliehen habe, zurückbringt. Und zwar einzeln.
„Morgen, Tobi", begrüßt mich Tamara.
„Morgen", grüße ich brummend zurück,
ohne sie dabei anzusehen.
„Oh Mann, das ist so gar nicht meine Uhrzeit",
sagt sie gähnend und wendet sich an meinen
Vater. „Wieso stehen alte Leute eigentlich immer
so früh auf, Bärchen? Weil sie Angst haben,
im Schlaf zu sterben?"
„Ja, das auch", antwortet mein Vater und grinst.
„Aber hauptsächlich, um die jungen Leute
damit zu quälen."
„Na super", brumme ich. „Das ist dir wirklich
gelungen. Können wir dann endlich?
Oder wollt ihr hier noch ein paar Stunden
rumstehen und schlechte Witze machen?"

Ravensburger Bücher Absolut lesenswert!

Der Berg ruft

Jochen Till

Fiese Ferien

Winterferien in den Bergen? Mit der Familie? Na toll. Dabei kann Tobias drei Dinge absolut nicht ausstehen. Erstens: Schnee. Schnee ist kalt, nass und saugefährlich. Zweitens: Snowboardfahren – ebenfalls saugefährlich. Drittens: die neue Freundin seines Vaters, denn die ist vor allem eins: saublöd.

ISBN 978-3-473-**52406**-8

www.ravensburger.de

Ravensburger

RTB_09_009